不機嫌わんこと溺愛ドクター

黒枝りぃ

幻冬舎ルチル文庫

CONTENTS ✦目次✦ 不機嫌わんこと溺愛ドクター

✦カバーデザイン＝久保宏夏（omochi design）

✦ブックデザイン＝まるか工房

イラスト・中井アオ✦

不機嫌わんこと溺愛ドクター

「岐ノ瀬《きのせ》さんが入ってこられたのが津堂《つどう》動物病院の正面玄関で、この窓口が受付になります。出迎えたのはうちのトリマーの針野《はりの》くん。彼女に毛を梳《す》いてもらうともう他のトリマーに金なんて払いたくなくなりますよ。可愛《かわい》いからといって口説かないように」

「おい……」

「それからこちらが診察室、反対にこの扉の向こうには犬舎と猫舎があります。どの子も大切な患者さんですから、手を出さないように」

「おい！」

岐ノ瀬の何度目かの呼びかけに、病院案内をしていた相手はようやく口を閉ざして振り返った。

黒い鼻をひくつかせ「何か？」と言いたげな不満顔でこちらを見上げてくるその面貌《めんぼう》は、まごうことなく犬だ。黒い毛並みの中で、口元と眉《まゆ》だけがぽつんと白い柴犬。その姿を見れば誰《だれ》もが相好を崩すだろうが、岐ノ瀬は笑顔どころか不機嫌そのものの表情で憮然《ぶぜん》として言い放った。

「俺《おれ》は仕事で来てるんだ、スタッフなんて口説くわけがないだろう。ましてや、お前じゃないんだから、余所《よそ》の犬猫に手なんか出すか」

大人げのない岐ノ瀬の態度を、小馬鹿《こばか》にするように犬は嘆息した。

「ふん、何を今さら。知ってるんですよ、先週ドクターが通報したとき、最初に来たおまわりさんはちっともお仕事してくれなかったでしょう。あなたも彼と同じところから来ている匂《にお》いがするんですから、同じように不真面目《ふまじめ》な仕事をするに違いありません」

「ほほう、なら、ご主人様に客の相手を任されたのに、その客に嫌味ばかり言うお前さんは、さぞや真面目な仕事ぶりを見せてくれるんでしょうねえ」

腕を組んで黒い柴犬を睨《にら》みつけた岐ノ瀬は、どこから見ても正真正銘の人間だ。

しかし不思議なことに、彼の耳にはいつも犬の鳴き声が言葉として明瞭《めいりょう》に聞こえてくる。わんわん、という具体的な声から、静かな唸《うな》り声まで、鼓膜に触れた途端綺麗《きれい》に人の言葉に翻訳されていくそれは、犬嫌いの岐ノ瀬にしてみればまったくありがたくない特殊能力だった。

もし自分が世間一般の人のように犬の言葉が理解できなければ、わんわんと吠《ほ》える犬がこれほど可愛げのないことを言っているとは気づかずに済んだものを。

しかしそんな犬の言葉にいちいち目くじらを立ててしまうのが岐ノ瀬という男の性《さが》で、そんな岐ノ瀬に、黒い柴犬も負けじと睨みつけてくる。

一人と一匹の間に微《かす》かな火花が散った。

津堂動物病院は今日は休診日。

静かな昼下がりの診察室に一触即発の空気が流れ、扉の向こうから、積み上げられたケージにいる猫が好奇心旺盛《おうせい》にこちらの様子を窺《うかが》っている。なんともアウェイな空気だが、そんな中、どたどたと無造作な足音が二階から降りてきた。古い木造建築を利用した津堂動物病院は、内装こそ小綺麗にリフォーム済みだが、生活音がうるさいほどによく響く。

おかげで、足音の主がこちらに近づいてくるのがすぐにわかった。音に誘われるようにして岐ノ瀬が「関係者以外立ち入り禁止」とパネルのかけられた扉を振り返るのと、その扉が開け放たれるのはほぼ同時。そして扉の向こうから現れた男のシルエットに、柴犬は今までとはうってかわってぱったぱったと尻尾《しっぽ》を振りはじめた。

「ドクター！　客の案内は順調ですよ、私に任せていてください！」

「どの口が……」

気取った物言いのくせに、ご主人様には可愛がってもらいたい性質《たち》なのか、きゅんきゅんと鳴きながら柴犬は現れた男に駆け寄った。

その頭を大きな手でわしゃわしゃと撫《な》でてやる男は、犬と岐ノ瀬の険悪な空気がまったく読めないらしく、色気のある顔に笑みを浮かべて口を開いた。

「どうだい岐ノ瀬刑事、うちの病院は。ようやく手が空いたんだが、俺が病院の案内してやるよりも、モモと一緒のほうがよっぽど気があってるみたいだな」

「いいや、全然。まったく。これっぽっちも」

「モモは愛嬌《あいきょう》があるし人懐こい。あんたみたいな眉間《みけん》の皺《しわ》が癖になってる奴《やつ》でも、こいつと一緒なら心安らぐだろう。あんまりカリカリしてると仕事に支障が出るぜ？」

話がまったく通じない。犬よりもこの男との意思疎通のほうが難しそうだ。

岐ノ瀬が、諸事情からこの病院に来たとき、呼びだした張本人である津堂は仕事の電話中だったとかで、病院の看板犬でもある黒柴のモモに全ての対応を任せたのだ。「わからないことがあったらこいつの頭でも撫でててくれ」とふざけたことを言って岐ノ瀬を待たせていたこの男こそがこの津堂動物病院の院長、津堂晴典《はるのり》である。

津堂は、気に食わないことに非常にいい男だった。

ぼさぼさの短い髪と、顎《あご》のあたりには無精か剃《そ》り残しかわからない髭《ひげ》が数本生え、白衣は汚くはないのだが皺まみれ。そんなだらしないにもほどがある格好なのに、そういうアイテムさえ津堂に色気を与えている。

くっきりとした二重の目元や男らしい眉。高い鼻の下でいつも含み笑いを浮かべている薄い唇が渋味のある面立ちを彩っていた。長身のせいか、はたまた日本人離れした手足のバランスのせいか、気だるげに立っているだけのその姿がとても様になる。

そんな男がしゃがみこんで柴犬の頭を撫でてやる姿は、さぞやモテるに違いない。

若くして自分の病院を持ち、金もコネもある親戚《しんせき》がいて、その上こんなに美形だなんて。確か津堂は自分と同い年だ、と思い出すとぎりぎりと岐ノ瀬は歯噛《はが》みしてしまう。

世の中不公平だ。上位下達のお役所勤め。上司はわからずや、同僚の尻《しり》ぬぐいまでこうしてしなければならない。そんな可哀想《かわいそう》な俺がなぜ、こんな悠々自適のイケメンのために尽くしてやらねばならないのか。

「おい、津堂院長」

「なんだ、さっそく犯人がわかったのか?」

「犯人どころか、おたくの被害状況さえわかっていない。わざわざ身内のコネを使って俺を呼びつけたんだ、いくら賢いからって、犬に俺の相手を任せずに、ご自分で事情を説明してもらえませんかね」

「お、うちのモモの賢さ、やっぱりすぐにわかっちまうか。嬉《うれ》しいなあモモ。刑事さんも、是非《ぜひ》うちの子を気軽にモモと呼んでやってくれ。なあモモ、お前も呼んでほしいよな」

モモが「冗談じゃありません」と津堂の腕の中で唸ったのが聞こえたが、残念ながら津堂には理解できないらしい。

なんだこの、容姿以外何も長所のない、空気の読めない男は……という胸のうちの悪態が聞かれたようなタイミングで、津堂がこちらを見た。ぎくり、と体を強張《こわば》らせたとたん、津堂の手が伸びてくる。

「モモと友達になってくれてありがとうな」

とんでもないことを朗らかに口走ると同時に、津堂の手は岐ノ瀬の頭に置かれ、わしゃわしゃと撫でまわしてきた。まさに、今犬の頭を撫でていたその手つきで……。

その笑顔がいかにも人を小馬鹿にしているようで、耐《こら》えに耐えた岐ノ瀬の不満はついに爆発する。

「犬扱いするな、撫でるな、勝手に犬なんかの友達にするな！」

犯人逮捕もかくやの勢いで津堂の手をはたき落しながら、岐ノ瀬はやっぱりこんな仕事請け負うんじゃなかったと、蘇《よみがえ》る忌々《いまいま》しい昨日の記憶にこめかみをひくつかせるのだった。


色素の薄い髪に、頬骨《ほおぼね》の高いなだらかな輪郭。けだるげな目元にぽつんと小さなほくろのある面貌は砂糖菓子のように甘い雰囲気だが、岐ノ瀬真太郎《しんたろう》はその甘いマスクに似合わず、県警羊歯《しだ》署刑事課知能犯係に籍を置くれっきとした刑事である。

今年、巡査部長に昇進したばかりの二十九歳。

黒いスーツに紺のネクタイ。という地味な格好をしてもいっそうその華やかな容貌が際立つばかりの優男風だが、これでも少年時代からいじめっこ退治にかけずりまわった柔道三段の腕前だ。

そんな岐ノ瀬が、詐欺や汚職といった経済事件捜査を担当する知能犯係に配属され今年で五年目。羊歯署では県下で流行していたマルチ商法詐欺グループの摘発のため、内偵を進めている真っ最中だった。犬相手に暴言を吐くほどこらえ性のない岐ノ瀬だが、これが仕事となると案外慎重派で、詐欺グループに気づかれないための忍耐を要する捜査と調査を何週間も続けていたのである。

にもかかわらず、その捜査に十日前亀裂が入った。

詐欺グループの大幹部である美野《みの》という男が、仲間割れを起こして失踪《しっそう》してしまったのだ。この騒ぎをきっかけに、詐欺グループがトカゲの尻尾を残して本体だけたたんで逃げてしまうかもしれない。

そんな緊張感の中、羊歯署に一本の通報があった。

通報元は津堂動物病院。その院長、津堂晴典の通報によれば、何者かが院内に侵入したあとがあり、預かりものの九官鳥が誘拐されかけたという。窃盗未遂の話が岐ノ瀬らの係に飛び込んできた理由はほかでもない、その九官鳥の飼い主がなんと、彼らの追っている詐欺グループの幹部、美野だったのだ。

美野の自宅は津堂病院の真ん前。帰れない夜や出張、旅行の折には、いつも津堂動物病院のお泊りサービスに、その九官鳥は預けられていたらしい。

美野が失踪中と知った津堂院長は、九官鳥が狙《ねら》われたことで、この鳥もまた犯罪に巻き込まれているのではと思ったようだ。

にもかかわらず、事件直後駆けつけた地域課警察官は、十分な取り調べをせずに、事件性なしとしてすぐに帰っていってしまった。以来、一週間音沙汰《おとさた》ない羊歯署に、津堂院長は抗議してきたのだ。

それも、市議会議員である親族のコネを使って。

「ってわけだ。署長に直接言ってこられたもんだから、ここは親身に再捜査しないと、面倒くさいことになりそうな雰囲気でな」

夜通し、ホテルやサウナ施設で、美野を見かけなかったかと聞き込みに駆け回って帰ってきた岐ノ瀬に、上司の係長は仏頂面でそう言った。

「なんですか、その動物病院院長とやらは。小鳥一羽のために、ＳＰでも派遣しろと？　何もんです、そいつがコネをつかった親戚とやらは」

「市議の津堂議員だ。うちの署長じゃ太刀打《たうち》ちできる相手じゃないなあ。まあ、いいじゃないか。九官鳥って喋《しゃべ》るんだろ？　飼い主の美野について、何か喋ってくれるかもよ」

「なら押収しましょう」

「馬鹿野郎。捜査令状だの出して私物押収しはじめたら、主犯連中に俺たちの動きがばれて逃げられるだろ。九官鳥は美野の私物だ、俺達にはどうしようもない」

「だからって、なんでうちの係に九官鳥の無事を調べる仕事が回ってくるんですか！」

病院の窓ガラスが割られていたのなら地域課、実際侵入されていたのなら盗犯係に頑張ってもらいたい。にもかかわらず知能犯係に白羽の矢がたった上に、その九官鳥警護を岐ノ瀬にしろと言う。

けんか腰になるのも無理もない話だった。

「冷静になりましょう係長。美野を草の根わけて探し出して、マルチ商法詐欺の名簿と指導資料を入手する。それが俺たちの目的ですよ。美野のペットの保護なんていっそ署長自身にやっていただいたらいいじゃないですか」

「まあ、これも美野の足取りを追う地道な捜査の一環だと思ってくれや。美野だって逃走先で心すさんだら、ペットに一目会おうと動物病院に戻ってくるかもしれないだろう」

「だったら、美野が姿を現したら通報してもらうよう、津堂動物病院に頼めばいいじゃないですか。何も鳥一羽のために張り込みだなんて……」

「ところが、そんな調子のいいお願いができる雰囲気じゃないんだよなあ」

「どういう意味です？」

眉をひそめて詰め寄ると、ふいと係長は目をそらした。

ほかの刑事畑と違い、知能犯係は数字とのにらめっこが連日続く。税務署員のようにダミー会社の決算書類を連日眺め続けている係長の目は充血し、気まずそうに黒い瞳《ひとみ》が揺れると不穏な雰囲気が漂った。

「まあ、津堂動物病院がお怒りなのももっともでな」

「……」

「病院の窓が割られて、知らない男が侵入してた。って通報だったらしいんだが、それで駆けつけたうちの署員が『どうせお宅の犬猫が暴れでもしたんだろ』って、ろくすっぽ調べもせずに帰っちまったらしい」

「ど……どのバカです、その署員は」

「あとで調べておくが、とにかくそんな事情だから、院長のじいさんとやらは『県警腐敗の一端だ』とかいって、訴えかねない勢いなわけだ」

岐ノ瀬は、係長の暴露に言葉も浮かばずうなだれた。

不祥事レベルの仕事をした署員のせいで、いいとばっちりだ。人的被害がなかったからいいものの、署長が議員相手にコメツキバッタになる気持ちもわからなくもない。

「だからって、九官鳥の警護はないでしょう？　今は膨大な金と人の流れの解明のために一人でも多く人員が必要なときじゃないですか！」

次第に強い口調になってきた岐ノ瀬に、係長は重々しく反駁《はんばく》した。

「ここでおまえにおとなしく仕事を引き受けてもらうために、蒸し返したい話がある」

「は……？」

「岐ノ瀬巡査部長。お前さんはなんですぐ盗犯係の韮崎《にらさき》と喧嘩《けんか》するのかな」

「あれは、あいつと犬が……」

言いかけて、岐ノ瀬は唇を噛んだ。

今外出中だが、同じ部屋の隣の係には、岐ノ瀬の同期、韮崎がいる。成績も実績も、警察学校時代からのライバルだ。

そんな男は、これまた嫌味なことに岐ノ瀬とは逆で、動物が大好き。中でも犬には大甘で、仕事で警察犬と絡む機会があると、犬達を呆《あき》れさせるほどに相好を崩す。

あの日もそうだった。管内防犯イベントの準備でやってきた警察犬を相手に、刑事部屋を飛び出してまででれでれしていた韮崎の前で、一匹の犬が弱々しくへたりこんだ。

リハーサルと人ごみに疲れたその犬は、哀れっぽく「くぅぅん」と濡《ぬ》れた鼻を鳴らしたのである。

岐ノ瀬の耳にははっきりと聞こえた。

『あー疲れた。ダサい行進なんかやらされて、もう一歩も動けねえ。誰か抱っこしてくれよ。できればトンカツとかから揚げの匂いさせてる奴』

本当は韮崎もその言葉が聞こえているのではないか。そう思わせるほど自然と韮崎は、昼間かつ丼を食べた体臭を漂わせながらその警察犬を抱っこした。

他の警察犬らがお行儀よく指示を待っている中、うまいこと犬バカを利用する姿がなんとも気に入らなくて、岐ノ瀬はつい声に出してしまったのだ。

『何が抱っこだ、お前は仕事中にふざけてるのか』

実のところ、前から態度が悪くて気に入らなかった犬だ。何かというと文句ばかりで、婦警と、揚げ物の匂いをさせる若い連中には尻尾を振るが、気に入らない相手だと警官だろうと民間人だろうと犬仲間だろうと、非常に態度が悪い。勘のいい担当者などはその社交性について少々心配しているようだった。

しかし、ただの犬好きにはそんな事情は関係なく、韮崎はその犬の罠《わな》ともしらず、でれでれと幸せそうだった。岐ノ瀬の言葉は、犬ではなくそんな韮崎にぶつかったのだ。そして、韮崎が怒ってはじめて、岐ノ瀬は自分の言葉がぴったり韮崎の行為にあてはまることに気づいた。

結果、二人は、売り言葉に買い言葉で、いつもの調子で喧嘩になってしまったのだった。

一事が万事こんな調子で、韮崎の上司も、岐ノ瀬の上司であるこの係長も、若い二人の火花にたびたび頭を抱えているのである。

「つまりだ。盗犯係も今でかい山抱えてるから、九官鳥のために人を割きたくないんだよ。九官鳥の飼い主が俺達の案件だから、津堂動物病院の事件も美野関係じゃないかってことで、うちで担当することになったわけだ」

「な、なんでですか、不公平ですよ！　でかい山抱えてるのはうちも一緒じゃないですか。盗犯の仕事は盗犯に……」

「お前最近昇進試験だなんだかんだって忙しいから、こないだの喧嘩もその前の喧嘩も、韮崎に引いてもらってるだろ。ちょっとは顔立ててやれよ」

「俺と韮崎、どちらを監視につけるにしても、ていのいい厄介払いってわけですか」

「ちょっとは、厄介払いされちゃう自分の素行について、胸に手をあてて考えてみような」

「そんなぁ……」

情けない声出すなよ。といって係長は話は以上だとばかりにパソコンを立ち上げるとそちらに集中してしまった。

こうなると係長は耳元で怒鳴ろうが警笛を吹こうが相手をしてくれない。

「……係長は、俺がいなくても平気なんですね」

「言われた仕事を難癖つけてサボる子は、いなくても平気だなあ」

「む……」

拗《す》ねるつもりが墓穴を掘ってしまった。

これ以上係長の眉間の皺を増やすわけにもいかず、岐ノ瀬はしぶしぶ津堂動物病院に向かったのだ。九官鳥の警護なんて冗談じゃない。これはれっきとした美野を待ち伏せするための張り込みだ！　とかなんとか、自分に言い聞かせながら……。


「それで津堂さん、壊された窓というのはどちらのことですか」

「なんだ、もうモモが案内してくれたんじゃないのか？」

きょとんとした顔で言われ、岐ノ瀬のなけなしの営業スマイルがひくついた。

津堂動物病院に到着してはや二十分、岐ノ瀬の収穫といえば、この黒い柴犬、モモとの言い争いと、津堂によるペット自慢を聞かされたことだけだ。ようやく本題を進めようとしたのに、津堂の一言に岐ノ瀬の苛立《いらだ》ちが激しくなる。

白衣のポケットに両手を突っ込んだまま、ぶらぶらと体を前後にゆする津堂の態度はどこか気だるげで、とても岐ノ瀬を歓迎している雰囲気ではない。先週の通報の際、羊歯署の署員には不快な思いをさせられているのだから、当然といえば当然だろう。

しかし、だからといってからかわれるいわれはない。

「おふざけもその辺にしてください。俺は、犬と遊ぶためじゃなく、あなたから話を聞くために来たんですよ」

「なんだ、カリカリして。ストレスは体に毒だぜ。ペット療法、試してみるか？　ちょうど訓練を受けた犬のあてがあるんだ。毎週老人ホームでお年寄りを癒《いや》してるプロ中のプロ。なかなかグラマラスでいい雌犬《めすいぬ》なんだが……」

「結構だ！」

真剣な顔をして頓珍漢《とんちんかん》なことを言われ、つい岐ノ瀬の言葉遣いが荒くなる。

「っていうか犬にグラマラスもくそもあるか。津堂院長。先に断っておくが俺は動物は好きじゃない。ましてやペットセラピーなんて俺には逆効果だ。だいたい、同じグラマラスなら犬よりももっとこう胸板……いや、胸にボリュームがあって……手の大きな姿勢のいい奴のほうが俺の好みだ。ハスキーな声ならなお……」

さも女の趣味のように語りながら、岐ノ瀬はまじまじと津堂の大きな手を見つめた。指の長さや手の平の厚みに反して手首の関節は少し細い。そのギャップはなかなか好むところだ。姿勢は八十点、声は五十点。喉《のど》のラインは……と、再び津堂の体のラインから、彼の顔へと視線が戻ったところで岐ノ瀬は慌てて咳払《せきばら》いをした。

油断して、何か危ないことを言いかけていた気がする。恋人らしきものに「増えた愛犬の世話が忙しいから」と言ってフラれ早半年。ここ二か月ほどは忙しくて、出会いなどご無沙汰だったせいか、つい好みの肢体を思い描くうちに津堂を凝視してしまった。

まずい。自分より格好いい男なんて好みじゃない。と今まで思っていたが、よく見ると津堂の体のラインはなかなか好みかもしれない。

などと考えてしまっていた己に気づき、岐ノ瀬は取り繕った。

「とにかく、グラマラスな雌犬もスレンダーな雄犬も勘弁してくれ」

岐ノ瀬の言葉に、津堂は眉根を寄せた。

まさか、あからさまな視線で見ていたことがばれただろうか。岐ノ瀬の背筋に冷や汗が流れる。

学生時代に柔道部の後輩と付き合って以来、岐ノ瀬の恋愛対象はほぼ同性だ。とはいえあまり恋愛運には恵まれず、最近は縁さえないまま心が枯れ気味だった。

そのせいで、目の前の気に食わない男の中に好みのポイントを見つけたとたん、つい値踏みしてしまう。まさかそんな内心がばれるわけにもいかず口ごもった岐ノ瀬に、津堂は重たい唇を開いてみせた。

「よし、二頭いた」

「二頭？」

わけのわからぬ言葉に、とりあえず自分のあからさまな視線の意図がばれたわけではなさそうだとほっと胸をなでおろす。

「ああ、あんた好みの、足が大きめで、ハスキーな声の犬だ。胸板というか、胴のしっかりした頼もしい犬だが、ちょっとばかり気性が荒い。それでも大丈夫か？」

「まったく大丈夫じゃない！　真剣な顔してると思ったらまだ犬の話とか、からかうのもいい加減にしろ！」

「ほらみろ。怒りっぽいのはストレスが溜《た》まっている証拠だ。……ああ、そうかわかった」

犬との会話よりもはるかに話の通じない男は、何か大事なことに気づいたかのように目を細めた。その真面目な顔はやはり色気のある顔立ちで、ちょっとばかり好みの肉体だということに気づいたせいか、岐ノ瀬はじっと見つめられてどきりとしてしまう。

「岐ノ瀬刑事、あんた……さては猫派だな？」

「だから犬とか猫とかから離れろよ！　もういい、ちょっとでもドキッとした俺がバカだった。目を輝かせるな、図星さされてドキッとしたわけじゃないからな！」

また津堂が素っ頓狂なことを言う前に牽制する。

犬も猫も好きではないし、何より岐ノ瀬はこんな動物好きは鬼門以外の何ものでもないのだ。ただでさえ気乗りしない仕事の上に、苦手なタイプが相手とは、この先を思うと頭が痛くなってくる。

「俺は捜査に来たんだよ。おいモモ、もうお前でいいから現場に案内してくれ！」

「あなたなんかに名前を呼ばれるいわれはありません！」

岐ノ瀬の八つ当たりめいた言葉にモモが反論するが、さぞや端から見ればうるさいだろうやりとりに、津堂は相変わらずの態度で満足げにうなずいた。

「猫派でも犬と仲良くできる。あんたみたいに心の広い刑事が来てくれて嬉しいよ。モモとも早速友達になれて、何よりだ」

「友達じゃねえよっ」

市民相手になるべく丁寧《ていねい》に接しようという心掛けもすっかり忘れて、岐ノ瀬は反駁した。柴犬も必死になって同調してくれる。

「そうですよ、こんな奴と友達なんてごめんこうむります！」

実に正直なモモの主張が今ばかりは頼もしい。

しかし津堂はモモの必死な吠《ほ》え姿を見て感慨深げだ。

「息ぴったりだな」

「だから違うっつってんだろ！」

重なるモモの吠え声と岐ノ瀬の怒鳴り声に津堂の誤解が深まる一方だった。

しかし、大人げなく怒鳴り散らしてしまった数分後、岐ノ瀬はようやく目《ま》の当たりにした事件現場を前に、自分の悪態を後悔するはめになった。

「ひどいな、これは……」

診察室の隣に配置されたスペースは思っていたよりも広く、犬舎、つまり入院中の犬のための部屋らしい。

簡素だが清潔な空間の中、狭い裏庭に面した壁には勝手口と大きな窓が一つ。その窓が、窓枠ごと鍵《かぎ》が壊されスライドガラスの片側は綺麗に取り外してある。きっと事件当日は壊れた窓のガラス片などが粉々に飛び散っていたに違いない。そして勝手口のほうも鍵は壊れていた。ドアノブがはずれた扉は、しかしそれでも開かなかったようで、業を煮やして窓ガラスを割ったというのが犯人の動向だろう。

よく見ると、窓辺のカーテンレールも何か重たいものがぶら下がったかのように「く」の字に折れ曲がっている。

この状況を見て、よくもまあ地域課署員は「犬猫の仕業」などといって事件性なしの判断とともに帰れたものだ。

さしもの岐ノ瀬も、今までの不満など吹き飛んで神妙に尋ねる。

「津堂院長、これ、通報したときは割れた窓ガラスとか、そのままだったんですよね？」

「ああ。昼間だったんだが、俺がでかけるときは一旦カーテンを閉めるから、おかげで犬達のケージまではガラス片は飛び散ってなかった」

「犯人の姿は？」

「見てないんだ。帰ってきたら犬舎でみんなが吠えてるのが聞こえたから慌てて駆けつけたんだが、犯人のほうが一足早くてな」

「犬や、ここのスタッフに怪我《けが》は？」

犬舎といいながら、部屋は無人……というか、無犬だった。

割れた窓と壊れた扉。そして生き物のいないケージが無造作に積みあげられただけの空間は、どことなく殺伐《さつばつ》として見える。一通り、あたりを見回しながらの岐ノ瀬の質問に返ってきたのは、不穏な無言だった。

まさか……と思い津堂を振り返ると、じっとこちらを見つめる津堂の瞳とかちあった。その、澄んだ黒い輝きにどきりとさせられる。

どうも、気だるげな甘いマスクと、人を煙《けむ》にまくような言葉選びのせいで、勝手に気障《きざ》なイメージを抱《いだ》いていたが、瞳だけを見ると、どこか犬のような純粋で誠実な色だ。あまり見つめられると、この男への今までの腹立たしさが全部消えていってしまいそうな……。

そんな予感に、はっと我に返った岐ノ瀬は自分を取り戻すようにして渋面を作った。

「聞いてるのか、津堂院長、被害状況はどうなんだ」

「ん？　ああ、犬もスタッフもぴんぴんしてるよ。犬はちょっと、ショックで神経質になってる奴もいるが、すぐに飼い主には連絡入れて、ケアしてもらってるから今は大分落ち着いている」

何を不思議そうにしていたのかは知らないが、預かりものの犬の話になると、津堂は再び饒舌《じょうぜつ》になった。

さきほどの瞳の話ではないが、思えば津堂は犬猫の話になると口調が柔らかい。出会いがしらからわけのわからないことばかり言われ苛々したが、最初からこんな態度でいてくれればいいのに。つい、そんなことを考えてしまう。

そのくらい、入院患者である動物らに対する津堂の態度は落ち着いていて優しい。

岐ノ瀬への態度にも、少し分けてもらいたいくらいだ。

現在入院中の犬は、この部屋に放っておくわけにもいかず、第二診察室とやらに移動させているらしい。ちらりと、スライドドアの隙間《すきま》から見える隣の猫舎を見ると、騒音被害のみだった猫患者たちの不審げな眼差しと目があった。

にゃーん、と一匹鳴いたのが聞こえるが、あいにく岐ノ瀬がわかるのは犬の言葉のみ。それでも非難がましい空気を感じとり、岐ノ瀬は猫から目をそらすと津堂に向き直った。

白衣のポケットに手をつっこんだまま、じっと犬たちの様子をうかがう津堂の横顔は、初対面のときの気障な雰囲気とは一転して真面目なものだった。口では淡々と事実を述べながらも、今もなお事件の騒ぎが犬たちに影響を与えていないか、患者の変化を見逃すまいともしているようだ。

その、もし自分が犬だったとしたら、きっと頼りたくなるだろう津堂の獣医としての姿には、この仕事に文句ばかりだった岐ノ瀬でさえも感じるものがある。自然と、岐ノ瀬は彼に対して頭を下げていた。

「津堂院長、申し訳ない。確かに、うちの署員の落ち度のようだ。ずいぶん不快な思いをさったでしょう、最初の通報時に来た警察官の名前はわかりますか？」

再び頭を上げたとき、また津堂は不思議そうな顔をしていた。

まさか岐ノ瀬が頭を下げるなんて想像もしていなかったような顔だ。ついでに、そんなことを聞きなおされると思ってもいなかったのだろう、返事は曖昧《あいまい》なものだった。

「名前ねえ。名乗らなかったはずだ。それに、人間はみんな似たりよったりな顔で、名前を覚えるのは得意じゃない。ましてや制服着てたら全員同じに見える」

ふざけるな、とまたいつもの調子でいいかけたものの、岐ノ瀬はふと、津堂の態度に反して、その黒い瞳だけはやけに真っ直《ます》ぐに思えて尋ねてみた。

「……じゃあ、動物の顔は見分けつくのか？　そこの、大量生産の置物みたいにそっくりな白い猫三匹とか」

「わかるに決まってるだろう。毛の色が一緒だってくらいで見分けがつかなくなるはずがない」

本気だ。からかっているわけでも冗談でもないのだと気づいたとたん、岐ノ瀬は脱力した。変な奴。という悪態を飲み込む岐ノ瀬に、得意げにモモがささやいてくる。

「私なら匂いをかげば一発ですよ。いちいち名前を調べなきゃならないなんて、情けない男ですね」

「こんにゃろ……」

ノートにボールペンの先が食い込む。なんて可愛げのない犬だ、と再び表情の歪《ゆが》んだ岐ノ瀬の怒気に気づいた様子もなく、津堂はしゃがみこむとモモの頭を撫でてやっている。

つい岐ノ瀬の視線は大きな手に吸い寄せられた。やはり、いい手だ。無骨なくせに優しげな仕草が実に好みだ。心地よさそうに目を細めるモモを見ていると、さしもの犬嫌いの岐ノ瀬でさえうらやましくなるほどに。

「お、なんだモモ。事件のこと思い出して怖くなったのか？　いいんだぞ、部屋に戻って休んでろよ」

「ドクター。こんな奴の相手私一人で十分ですよ。ドクターこそ休んでください」

「よおし、いい子だ。あとで散歩に行こうな」

こんなに動物好きなのに、こんなに心通じあっていなくて大丈夫なのだろうか……他人《ひと》ごとながら心配になってくる。モモはお前の傍《そば》にいたがっているぞ、と教えるべきだろうか。

しかし自分は犬嫌いを公言したばかりだ、動物のプロに口添えするのも気が引ける。せっかく頼もしいところを見せようとしたのに、優しく追い立てられたモモが名残惜《なごり》しそうな顔をしてどこかへ行ってしまった。

岐ノ瀬との会話どころか、犬とまで会話がかみ合わないなんて、この人ちょっと不器用なんじゃあ、と心配さえしながら岐ノ瀬は聞き取りを再開した。

「窓が割れていたなどの被害状況を、その署員は写真などに収めていましたか」

「ああ、一応は。でも俺も写真を撮っておいた。あんまりな態度で帰っちまったもんだから不安でな。犯人が見つかったら、弁償してもらいたいし」

「それはよかった、なら是非、あとでその写真見せてください。片付けたのはガラス片だけですね。窓枠を拭いたり壊れた鍵を捨てたりといった清掃行為は?」

「いや。窓ガラス片付けて、犬を移動させたあとは特になにも。掃除したほうがよかったか?」

「いえ、むしろありがたいですよ。あとで盗犯係の連中を呼んできましょう。侵入者の指紋や靴跡が取れるかもしれませんから」

へーえ。と感心しながら津堂は岐ノ瀬の手元を覗《のぞ》き込んだ。その距離感に、ぎょっとして岐ノ瀬は後ずさった。呼気が頬に触れるほどの場所に津堂の端正な顔がある。ちょっと近すぎないだろうか。と胸がざわついた。

「の、覗くなよっ」

ガラにもなく声の上ずった岐ノ瀬を前に、津堂は大真面目な顔をして言った。

「悪い。だが関係者の事情聴取もするんだろう？　犬からの聞き取りは、どうやって記録するんだ？」

「誰が犬から聞き取りなんかするか、このばっ……うぐ」

最初こそからかっていると思っていた津堂のこの手のセリフは、もしや本気なのか。とそろそろ気づきかけた岐ノ瀬は、たまらず罵《ののし》りそうになった己の唇を、無理やり噛んで「バカ」という暴言を抑え込んだ。

津堂がいかに動物たちを大事にしているかはよくわかったが、その真面目な態度を、できれば人間である自分にも向けてほしい。どうにも、獣医としての津堂と、人間である自分を相手にする津堂とのギャップに、岐ノ瀬は翻弄《ほんろう》されっぱなしだ。

「だいたい俺も俺だ。ちょっとかっこいいくらいでいちいちドキドキしてんなよ」

自分自身へも悪態をついてから、岐ノ瀬は堅い口調で仕切り直した。

「とにかく、現場は調べなおしますから、被害届を出してください。最初に通報を受けた問題の署員については、あらためて指導教育を徹底します」

「なんだ、ちゃんとしてくれるんじゃないか。最初からあんたが来てくれればよかったのに」

「その署員以外、他の誰がきても同じ対応をしますよ。俺よりもっと丁寧にね」

「仲間のことを信頼してるんだな。まるでハイエナみたいだ」

あんまりな例えに、皮肉かと思いむっと津堂を睨むと、人の気も知らず、津堂は黒い瞳を無邪気に輝かせながら言い添えた。

「もしかして知らないのか刑事さん。ハイエナってのは仲間意識が強いし、よく統制もとれている、素晴らしい群れ社会の生き物だ。あんたみたいなハイエナがいるのなら、その仲間がいる警察も信用できる気がする」

その言葉と笑顔に、とたんに岐ノ瀬の眉間の皺は緩んでしまった。

まったく褒められた気がしないが、今のは褒め言葉だったのだろうか。判然としないのに、そのくせ「あんたがいるなら信用できる」という意味だけはじわじわと岐ノ瀬の中に沁《し》み込んでくる。

急に、無邪気な津堂の笑顔を見ていられなくなってきた。

こんなにも真っ直ぐな瞳の中に、怒ってばかりの自分の仏頂面が映り込んでいるのかと思うと恥ずかしくなったのだ。ここに来るきっかけがきっかけだったせいで、少し苛々しすぎていたかもしれない。

「そ、そりゃ立派な習性があるんだな。知らなかったよ。でも、ハイエナはないだろうハイエナは……」

「そうか？　だったらどの動物にしたもんか……」

「だから、動物から離……ああ、でもそこまで言うなら、こないだ来た警察官ってのは、動物に例えたらどんな感じなんだ？」

ふと、思いついて尋ねてみると、津堂はむっと眉をひそめた。よほど、最初の警察官の印象は悪いらしい。

「思いつかないな、どの動物に例えても、動物に申し訳ない気になってくる」

「そ、そんなにひどかったのか、なんか悪かったな……」

これだけ動物の話三昧《ざんまい》の男が、どの動物にも例えたくないなんてよっぽどのことに思えて、岐ノ瀬の中に申し訳なさがこみ上げてきた。

だが、だからといって好きではない動物に例えられるのを許容できるわけでもない。

「まあ、動物に例えることに悪気がないのはなんとなくわかったけど、何度も言うが俺は動物は好きじゃない。あんまり他の生き物に例えないでくれないか？」

「……猛禽類《もうきんるい》も駄目なのか？」

「駄目っていうか、さっきからやたら攻撃的なのばかりだしてくるなあんた……」

俺をなんだと思っているんだ、と苦笑しつつも、岐ノ瀬は本題に戻るように津堂をせかす。

すると津堂は「被害者はこっちだ」と言って歩きだした。

診察室の奥の扉には「関係者以外立ち入り禁止」のプレートが打ちつけられており、開くと古い木目もそのままの暗い廊下があった。板張りの階段が二階に向かって伸び、上りきると住宅部分らしく畳敷きの狭い和室。

そのテーブルの上には銀色の大きな鳥かごが鎮座していた。

「コンニチハッ」

独特の発音の挨拶《あいさつ》が、そのケージの中から発せられる。

「こちらが、侵入者が連れていこうとした美野さんちの九官鳥だよ。名前はジェシカ」

「じ、ジェシカ……?」

おかしな名前では決してないが、こちらを見て右に左にぐいんぐいんと首を傾《かし》げる九官鳥相手に「ジェシカ」と呼びかけるのは妙な気分だ。

「ようジェシカ今日も美人だな」

「ハゲ」

「こちらは刑事の岐ノ瀬さんだ。こないだの一件で警官嫌いになったろうが、この人は真面目でいい奴だから、話聞かせてやってくれないか」

「ハゲ」

津堂は犬とも人とも、ついでに鳥とも意思疎通は下手《へた》らしい。

しかし気にせず、ケージの扉を開こうとする津堂の肩を、岐ノ瀬は慌てて掴《つか》んだ。

「おい、ちょっと待て。いくら九官鳥がお喋りできるからって、鳥から事情聴取したりするわけないだろ」

「なんだよ、せっかく喋れるのに」

油断すると、津堂はこの調子だ。弱り果てて、岐ノ瀬は嘆息した。

「喋れるのとはなんか、違うだろ……」

「ハゲ」

「ハゲてねえよ」

オレンジ色のクチバシに、カラスのように美しい黒い羽。頬や足の黄色が鮮やかな鳥は、思っていたより大きめのサイズだ。

結局ケージの扉は開かぬまま、不満げな津堂の爪《つめ》の切りそろえられた無骨な指先を、ジェシカが中からつついている。他人のペットだというのに、たいした懐きようだ。

そして今もまた、津堂の横顔は穏やかで優しい。

本当に動物が好きなんだな。そう感心する岐ノ瀬の目の前で、津堂は「大丈夫だ、この人はハイエナ刑事さんだ。何も怖くないぞジェシカ」などと語りかけている。

「だから、ハイエナはやめろ……」

抗議したものの、ジェシカを安心させるような津堂の物言いに、つい岐ノ瀬の口調は柔らかくなった。その動物への気遣いを、少しはこちらにも向けてくれれば一喜一憂せずにすむのだが……。

そんなことを考えながらその場にあぐらをかくと、岐ノ瀬はテーブルにノートを広げる。

「鳥よりも、あんたの話が聞きたい。事件当時、あんたはどこにいたんだ？」

「散歩さ、モモと一緒にな。すれ違ったご近所さんが、俺の病院の前通ったときにえらい犬猫の声がしてるって教えてくれたから慌てて帰ったんだ」

「時刻は？」

「夜九時。午後診察が終わったあとの散歩は日課なんだ」

日課ねえ、と岐ノ瀬はメモをとりながらつぶやいた。

喋りさえしなければ津堂は背の高い渋いイケメンだ。散歩姿は目立つだろう。近隣住民なら津堂の散歩時間を把握するのは簡単そうだ。

「誰かに恨まれたり、病院にクレームが来たりしたことは？」

「動物が一箇所に集まるとクレームがあるもんだ。匂いだとか鳴き声だとかな」

「記録はあるか？」

「あるにはあるが、ここ半年はご無沙汰だぞ。高沖《たかおき》にせっつかれて、近所との交流増やしてたからな。みんな、うちのモモの賢さにほだされて、うちの病院への風あたりもやわらかくなったもんだ」

「それはモモじゃなくて高沖とやらの手柄なんじゃ……っていうか、誰だその人は」

「うちの副院長だ。今産休中」

つらつらと津堂が名前を挙げたのは病院のスタッフ。高沖をはじめ、動物看護師が二名とさきほど受付にいた女性トリマー一名など、休診中のせいで気付かなかったが、なかなかしっかりした病院のようだ。

思わず「あんたが初代院長なのか？」と問うと、津堂はこともなげにうなずいた。

津堂は岐ノ瀬と同じ歳《とし》だ。それなのにもう一国一城の主《あるじ》とは。うらやましいが、今までのやりとりを思い出すと、客の相手など問題なくこなせているか、少々心配になってくる。

「だが、高沖の産休中は、看護師の一人を研修で他の病院にやってるし、しばらく休診予定なんだよ。預かってる動物たちは経過観察とかペットホテル代わりとか、そういうのばかりでな」

「そんなときに、今回の事件があったってわけか……その犯人、この病院の事情に詳しそうだな」

岐ノ瀬の言葉に、目の前でジェシカがくりんと首をかしげた。

「津堂院長、なぜその犯人がジェシカを狙ったと思ったんだ？」

「ジェシカが怯《おび》えていたからだ」

「……」

堂々と言い切った津堂からは、冗談の色は見受けられない。

そうだ、こいつはこういう奴だった。そう思うと同時に、重たいため息が漏れる。せっかく事情聴取するつもりが、こんな主観をメモするくらいなら、駄目もとでジェシカに直接狙われた事情を聞いたほうがマシかもしれないとさえ思えてしまう。

メモの手の止まった岐ノ瀬の態度に、津堂は何やら不満げだ。

「なんだ、おかしなこと言ったか？」

「もう、いい。他にはなんかないのか。怯えてたとか、そういう主観の話は抜きにして」

「難しいことを言うな。その夜は、さっき案内した下の診察室にこのケージを置いてあったんだが、それが犬舎に移動されていたんだ。ケージを開けようとしたあとはあったんだが、それより先に俺が帰ってきてしまったみたいだな」

「そういう話しろよ。最初から！」

天然かな。なんてそろそろ思い始めていたが、やっぱりこいつ俺のことからかってるんじゃないのか。と岐ノ瀬は想わず怒鳴ってしまった。

そんな岐ノ瀬に、津堂は相変わらずの態度だ。

「何をかりかりしてるんだ。やっぱりペット療法するか？」

「し、な、い！　津堂院長、復習しよう、俺は犬も猫も嫌いだし、ペット療法もいらないし、動物に例えられるのも嫌いだし動物へ聞き込みする気もない！　はい、復唱！」

「そんなに一度に言っても、ジェシカも万能じゃないんだから……」

「ジェシカじゃなくて、あんたに復唱してもらいたいんだよ！」

結局、岐ノ瀬の切実な願いはわかってもらえなかったが、現場の状況は見えてきた。

津堂の話をまとめると、事件が起こったのは先週火曜日の夜九時。津堂が散歩中病院内は無人で、近隣住民に言われて慌てて帰ってくると、犬舎は闖入者《ちんにゅうしゃ》で大騒ぎだったらしい。駆けつけたものの、侵入路となった窓ガラスの向こうは裏庭で、不審者はそこから逃げていってしまったらしい。

こんな情報じゃ役に立たないか？　と首をかしげる津堂を余所に、岐ノ瀬は頭をフル回転させていた。裏庭の周辺はこのあたりの家の裏塀に囲まれており、逃走経路としては人目がなくうってつけだ。その代わり、時間のたった今でも、足跡など残っているかもしれない……などと一人悶々《もんもん》と考える岐ノ瀬がふと我に返ると、じっと津堂が自分の横顔を見つめている。それこそ津堂の呼気が耳朶《みみたぶ》に触れそうなほどの距離に胸がざわめいた。

駄目だ、やはり、この距離はドキドキする。自分が単純すぎるのだろうか、それともこの男の距離感がなさすぎるのだろうか。何しろ、今にも彼の高い鼻先が岐ノ瀬の頬に触れそうなくらいなのだから、近すぎるだろう。

うろたえて、身をよじるが、人の気も知らずに津堂の顔はますます近づいてくる。

「な、なんなんだ。心配しなくても、捜査はちゃんと……」

「見掛けによらず、鋭い顔するんだな。頼もしい、いい顔だ」

まさか、褒められるとは思ってもみなくて、ただでさえ近い場所からの真剣な瞳に、岐ノ瀬はだんだん頬が熱くなるのを自覚した。

「い、いい、いい顔って、そういうのはあんたみたいな顔のことを……」

「まるであれだ、ほら。草むらからインパラを見てるチーターだな」

「……だから、動物に例えるなって、あれほど言っただろうがこの……、このっ」

「ハゲ！」

公務員たるもの吐けずにいた暴言をジェシカが吐いてくれたことに感動しながら、岐ノ瀬は誰がこんな動物マニアのもとで張り込みなんてするかと、反骨心を新たにするのだった。


「角田巡査長、知ってるだろ」

「ええ、左遷に継ぐ左遷人生、伝説の巡査、今年四十歳。俺も独身寮組ですから、独身寮の寂しいボスの存在は知りたくなくても知ってますよ」

「津堂病院の通報に駆けつけたのは奴《やっこ》さんらしい」

津堂動物病院で大変腹立たしい時間を過ごした翌日。知能犯係の自分のデスクで、固定電話に手を伸ばしていた岐ノ瀬は、その手を止めて、係長に顔を向けた。

机の並んだ島には同僚は一人もおらず、みな何かしら聞き込みのため出かけていた。

「あのおハゲ先輩でしたか、最初の聞き込みに行った警官ってのは」

津堂動物病院に最初駆けつけたのは、署内でも有名な無気力警察官だったようだ。

本人は係長経由で所属の上司から詰問されて、まだ若いのに抜けきった頭に冷や汗を浮かべてしどろもどろだったらしい。

「なんでも、執拗《しつよう》にハゲと罵られて腹がたっただとかなんだとか。津堂院長ってのは、そんな嫌な奴なのか？」

「いや……たぶん、ハゲって罵ったのは美野の九官鳥じゃないかと……。し、しかしそれとこれとは別問題です。そんな理由で仕事もせずに、民間人が危険な目にあったのを放置して帰るなんて言語道断ですよ、係長！」

「そんなに酷《ひど》かったのか、現場？」

「酷いなんてもんじゃありません。あの状況見て犬猫が暴れただけなんてプロとしてあるまじき……いや、素人《しろうと》だってそんなこと言わないでしょうね！」

「お、現場を見て正義の心に火がついたか。九官鳥の見張り、やる気になってくれたみたいで嬉しいぞ」

「そっ、それとこれとは話が別です……」

せっかく、津堂病院の被害状況を訴えようと勢いこんだのに、岐ノ瀬に吹きつけたのは逆風だった。

回転椅子《いす》の上で体を右に左に揺らしながら、係長は眼光するどく岐ノ瀬を見つめてくる。

「別じゃねえよ。なんでお前さんここにいるんだ？　九官鳥を警護しろってのは、朝起きて真っ先に津堂病院にお邪魔して張り込みさせてもらえって意味だったんだがな」

「わ、わかってますよそんなことは。けれどもあとはもう、盗犯係に任せるのが一番です。実際、侵入した跡があったんですから、今度こそ本当に俺たちの係は専門外ですよ」

「お前なあ、そういう問題じゃねえって言っただろ。ただでさえ津堂のじいさんのほうはカンカンだってのに、羊歯署はちゃんとやってますっていうアピール頑張ってくれねえと」

はあ、とタバコを取り出したため息を一つ。そして、痛いところをついてきた。

「で、津堂さんとこの病院に、本当にジェシカ可愛さに美野が現れたらどうするんだ？」

「……」

「美野は俺たちにとってもキーパーソンだ。詐欺グループの幹部中の幹部だぞ。万が一、ジェシカが狙われたのが真実だとしたら、詐欺グループの内情が彼女につまっているのかもしれない……」

「『ハゲ』としか言わない小鳥を、ホシの情婦みたいな言い方するのやめてくれませんか。ものすごく緊張するんですけど……」

「お前には緊張が足りない。津堂院長にハイエナやチーター扱いされて気に食わないからって拗ねてんじゃねえよ」

「拗ねてません。面倒ごと押し付けたくせに、勝手なこと言わないでください」

反論しながらも、係長の諭《さと》すような声音に、岐ノ瀬はその目を見れずにうつむく。

「あのなあ岐ノ瀬、お前焦っちゃいないか？　最近とげとげしいぞ。同期に手柄もってかれたり、後輩に先に出世されたり、人一倍やる気みなぎってるお前にとっちゃきつい時代が続いたんだろうが、こうして昇進もできたしまだまだこれからじゃねえか」

「まだまだこれからなのに、動物病院なんかに左遷するんですか、そうですか」

今度こそ本当に拗ねて、岐ノ瀬はそっぽを向くと詐欺被害者のリスト確認に逃げた。

係長のため息が耳に痛い。

前線から外されたことで妙に気が立っているのは確かだ。自分でもそんな感情を持てあましているのに、ましてや好きな仕事に真面目に向き合っているのだろう津堂院長の姿は、少々目の毒だった。

わずか数時間一緒に過ごしただけだが、津堂のあの気障な態度の下にある、動物たちへの真摯《しんし》な態度は今でも印象に残っている。彼はきっと、自分の仕事に誇りと情熱をもっている。

本音を言えば、自分も津堂のようになんの雑念もなくただこの仕事に打ち込んでいたいのに……。

——見掛けによらず、鋭い顔するんだな。頼もしい、いい顔だ。

ふいに耳朶にそんな言葉が蘇り、岐ノ瀬は唇を噛んだ。

本当にそうだろうか。リップサービスか何かだろうか。今の自分は、津堂ほどいい顔をしているとは思えない。

だが、悪い気はしなかった。あれだけ仕事に熱心な津堂がそう言ってくれるのなら、それこそ、草むらからインパラを見ているチーターのような気迫がきっと今の自分にも……と、津堂の言葉を思い出すうちに、岐ノ瀬ははたと我に返ってデスクを叩《たた》いた。

「だから、動物に例えるのやめてくれってあれほど言っただろってのっ！」

「どうした急に吠えて」

「吠えるとか、係長まで人を動物扱いするのやめてくれませんかね」

「なんだなんだ言葉狩りか。っつうか、お前さんなんでそんなに動物嫌いなんだよ。アレルギーとかじゃないんだろ？」

何気ない係長の問いかけに、岐ノ瀬はかっと目を見開いた。久しぶりに昨日動物に大量に囲まれたせいか、岐ノ瀬の記憶の中から、次から次へと懐かしい思い出が溢《あふ》れ出てくる。

「あれは、忘れもしません五年前の恋人です……。一緒に暮らそうか、そう言って忙しい中賃貸先見つけてきたのに、鍵を渡したその日に『ずっと欲しかった幻の鳥がインドにいるってわかったから、インドに行ってくる！』といって、半年後、鳥の写真と一緒に、日本に連れて帰れないから永住する、とかいうハガキが送られてきました……」

「……」

「社会人になりたての、夢と希望に溢れてた頃つきあった人だって、誕生日プレゼント何がいい？　って聞いたら子猫ねだられて、よく猫の飼育について相談しあって餌《えさ》買う順番まで決めたのに、プレゼントしたら、猫の相手で忙しいからって俺フラれたんですよ⁉　まさに泥棒猫ですよ！」

「なあ、それ動物が悪いんじゃなくて、お前の人を見る目がなさすぎるだけなんじゃねえのか……？」

「とにかく、俺は動物が嫌いなんです。というか、鬼門なんです！　なぜか、あいつらが関わってくると、俺の恋愛は失敗するんです！　だから、津堂院長とか論外です！」

「岐ノ瀬、津堂院長と恋愛する必要はないんだぞ……」

「そうでしたっけ……？」

懐かしい思い出に、ついつい岐ノ瀬は目頭を押さえるとうなだれてしまった。

本当に、動物に罪はないだなんて百も承知だが、思い出せば残念な記憶ばかりだ。そんな中、記憶の一番奥底で、こちらを見つめる犬の姿に気づき、岐ノ瀬は黙り込んだ。

つぶらな瞳。臆病者の大型犬……。

あの犬を、津堂くらい優しい手つきで撫でてやることができれば、自分の言葉にできない思いを伝えることができたのだろうか。

思い出に浸っていたそのときだった。ふいに電話の音が響きわたり、岐ノ瀬が顔をあげると係長が携帯電話を片手に「はい」とかしこまって言うところだった。

何事だろうか。と見守るうちに、係長の表情は険しくなっていく。

「わかりました、とにかくうちから人を派遣します。先方にも、現場に触れずに待機してもらえるよう伝えてください」

鋭い声音でそう言うと、係長は電話を終える。その姿に、岐ノ瀬は嫌な予感がした。

「おい岐ノ瀬、地域課からだ。津堂病院がまたやられたらしい」

「……は？」

「馬鹿が一人、病院に侵入して九官鳥のジェシカをさらっていこうとしたそうだ」

係長の視線には岐ノ瀬への非難の色が浮かんでいるが、決して言葉にすることはなかった。

さっと青ざめた岐ノ瀬は、慌てて席を立つと椅子にかけてあった背広を羽織る。あの、窓のなくなっていた犬舎を思い出す。津堂院長は、そして動物たちは無事だろうかと自然とそんなことを思っている自分に気づかぬまま、岐ノ瀬は係長とともに駆け出したのだった。


ハムスターが、ケージの中から人の気も知らないで瞬《まばた》きしながらこちらを見つめている。円《つぶ》らな瞳は黒く輝き、ケージを覗きこむ岐ノ瀬と係長、二人と睨みあいつつも、ときおり思い出したように水を飲む。そんな姿は、素人目にも元気に見えた。

しかし、このハムスターの飼い主である男、田上《たがみ》は、休診中の津堂病院に「ペットが急病だから」といって訪れたらしい。ハムスターの名前は「まり子、お前大丈夫か」と親しげにハムスターに話しかけていた津堂のおかげで、聞く前からわかっていた。

状況から見て、単にペット可愛さに休診中の津堂の病院に駆けつけただけに思えた田上だったが、彼は津堂がまり子の診察をしている隙を使って、ジェシカを盗みに病院二階に忍び込んだ。

津堂が異変に気づいたときには、もう田上はジェシカのケージを携えて病院を抜け出そうとしているところで、慌てて外まで追いかけて捕まえた津堂が、署に電話してきたということだった。

「津堂院長、もう一度確認しますが、田上さんが二階に侵入して、ジェシカを連れ出そうとしたってのは確かですね。どの動物でもよかったわけではなく、ジェシカだけを狙っていた」

津堂動物病院、受付ロビーのカウンターにもたれながら、岐ノ瀬は自分の病院での事件だとは思えないほど落ちついた様子の津堂に尋ねた。

その態度に、岐ノ瀬はなんとなく気まずい心地になっていた。ジェシカのために今日ここへこなかったことを、責められている気がする。

しかし、津堂は特別恨み言も言わずに素直にうなずいた。

「ああ。受付のほうからジェシカの鳴き声がするから何事かと思えば、鳥かご抱いた田上さんが駆け出してくとこだったんだ。年寄りのわりに足が速い」

目の前では、客用ソファーでうなだれたようにへたりこんでいる老人が「喋る鳥が可愛くて欲しくなっただけだ。誰かに頼まれただなんて、そんな事情はない」と言い張っている。

「津堂院長、他に変わった様子や同行者はいなかったか。ただの動物泥棒なら窃盗扱いだが、あの鳥は犯罪者のペットだ。ピンポイントで狙われたのなら、何か事情があるかもしれない」

「事情ねえ、俺が聞きたいくらいだよ。なんで、ジェシカばっかりこんな怖い目にあわなきゃならないんだか」

そう言って嘆息した津堂の瞳は、やはり何か責めるような色で岐ノ瀬を見つめてきた。せっかく、昨日は「チーターのよう」だなんて例えてくれたのに、今の自分はどんな動物に見えているのだろうか。

なぜだかそんなことが気になって、岐ノ瀬は落ち着かない気分だった。その上、こんなときに限って田上の態度は頑《かたく》なで、何も聞き出せそうにない。

だが、津堂の目を意識していても仕方がない。自分の仕事をこなすまでだ、とばかりに岐ノ瀬はいつもの自分を取り戻すと、冷たい声音で言った。

「とりあえず、署にご同行願えますか田上さん」

は？　と言って老人は顔をあげた。

「い、いやいや、そんな大げさな」

「津堂院長、あなたも、被害届出していただけますか」

仕方ない。と津堂は思いのほかあっさり同意した。その姿に、田上が色を失う。

「ま、待ってくれよ院長先生。俺とあんたの仲じゃないか。うちのハムスターだっていったい何匹お世話になったか……」

都合のいい田上の懇願に、津堂が何か言うより先に岐ノ瀬は噛みついてしまった。

「田上さん、休診中でもあんたのまり子のために、こちらの院長は病院開けてくれたんだろう。そんな本気で心配してくれた相手に盗みを働いて、何が『俺とあんたの仲』だって言うんだ」

「だ、だから、盗みってほど大げさな話じゃないんだよ。ジェシカだって別に先生の鳥ってわけじゃ……」

「あんたねえ」

我慢がならず岐ノ瀬が前のめりになるのを、思いがけず津堂の手が止めた。

はっとなって振り返ると、津堂のほうがよほど腹が立っていてもおかしくないだろうに、その表情は静かなものだ。

「大丈夫だ岐ノ瀬刑事。俺のためにそんなにカッカすることはない」

そして、津堂の態度に何か期待したらしい田上に、津堂はわずかに屈《かが》みこむと静かに話しかける。

「田上さん、あなたは無類のハムスター好きで、鳥なんてお好きじゃないでしょう。それどころかうちの子は鳥を怖がるといって心配してたくらいじゃないですか」

知り合いのよしみで、良心に訴えかける作戦か。と、岐ノ瀬はその気障ったらしい風貌に似合わぬ穏やかな語り口に目を瞠《みは》った。昨日、岐ノ瀬を相手にしていたときは何かと頓珍漢だったのに、少しばかり不公平な気さえする。

しかし、田上の頑迷さは相当だ。生半可な語りかけでは、余計に田上の逃げ道が増えるかもしれない。

親しい間柄だからこそ何か吐いてくれるかも。といった願望と、津堂の人の好《よ》さが田上を調子づかせやしないだろうかという不安が半々だ。

そんな人の気も知らず、津堂はどこまでも真面目な声で言い放つ。

「そのあなたが九官鳥を連れ帰ろうとしたなんて……まり子とジュンとアリアとマユカが泣くぞ？」

「……」

結局また動物ネタか。と岐ノ瀬は津堂の何に期待していたのかと、また別の意味で情けなくなった。自分は少々、この男に心が振り回されすぎていないだろうか。

「なんだ、ご指名のキャバ嬢かなんかか……」

「いや、津堂のことですから、ハムスターの名前でしょう……」

「へえー。まだ会って二日目なのに、えらく津堂院長のこと詳しいんだな」

「別に詳しくないです。あの院長が一に動物二に動物、三、四がなくて、五に動物なだけです。決して詳しくなんてないです、本当ですよ」

「……ふーん」

ひそひそと、係長と額を寄せ合う二人の目の前で、信じられない光景が広がった。じわりじわりと田上の瞳が潤《うる》みだし、そしてくしゃりと、後悔にその面貌が歪んだのだ。

「やばい。田上さん落ちるぞ」

「ねずみから鳥への浮気を非難されただけで？　俺が、あんなに頑張っていろいろ話しかけてもろくすっぽ答えてくれなかったのにですかっ？」

ずるい。思わずそんな悲鳴をあげたくなるほど、田上は岐ノ瀬の質問には下手な嘘《うそ》をつきつづけたというのに、津堂の言葉にはよほど心打たれたのか堰《せき》をきったように話し出す。

何か、美野のいるマルチ商法詐欺グループと関係があるだろうと睨んだ通りだった。田上は、なんらかのマルチ商法に加入していたらしい。老後の資産運用に、と思い預けた金は今では全て消え、それどころか、よかれと思って誘い込んだ友人らにも大損害を与えたため、思いつめていたらしい。

そんな折、出資会社から、津堂動物病院にいるジェシカという鳥を連れてきてくれたら、金を返してくれると連絡があったのだそうだ。

せめて少しでも取り返したくて、田上はその話に乗ってしまったのだった。

「貯金を失った上に盗みなんてバレたら、今度こそ家内は出ていってしまいます。どうか、穏便にお願いできませんか」

「あんたねえ……」

岐ノ瀬はむっとした。

津堂が強く出ないのをいいことに、どこまでも都合のいいこの老人に正直腹が立った。しかし、預かりもののペットを盗まれただなんて、他にも顧客のいる動物病院にとっては噂《うわさ》にでもなれば大打撃だ。にもかかわらず、この調子だと田上を許してしまいそうな津堂が放っておけない。

そんな気でいた岐ノ瀬を、ふいに津堂が振り返って見つめてきた。

「岐ノ瀬刑事、ちょっと待ってくれ。あんたの意見が聞きたい」

「俺の意見？」

「田上さんはお得意さんだ。どんな詐欺か知らないが、俺にはよくわからない苦労をしたんだろう。彼がジェシカに謝ってくれさえすれば俺はそれでかまわないんだが」

岐ノ瀬は絶句した。動物バカだとは思っていたが、人間にまで甘いのか。

だが、津堂にも思うところはあったようで、続く言葉は意外なものだった。

「だが、岐ノ瀬刑事としてはどうなんだ。俺にどうしても被害届を出させたい理由が、あんたにはあるのか？」

まさか岐ノ瀬に意見を聞いてくるとは思わなかった。

理由も何も、犯罪を見逃すバカがどこにいる。なんて、強気に言い募りそうな岐ノ瀬だったが、しかし津堂に真剣な表情で見つめられるうちに、そんな答えでは彼の心を変えられないような気がしてきた。

津堂は田上を許す気でありながら岐ノ瀬の意見も聞こうと言うのだ。岐ノ瀬もまた、津堂に真剣に伝えねばならないものがあるのではないか。

「理由はいろいろあるが、津堂院長。警察官として、俺はあんたのことが心配なんだよ。前回も今回もたまたま怪我人が出てないだけだ。犯人のやり方次第で、動物だけじゃなくてあんたも怪我をするかもしれない」

「俺が？」

「あんたが優しい男なのはわかったが、犯罪を取り締まるのが俺たちの仕事だ。こんな反省してない男放ったらかしたら、今度は誰にそそのかされるかわかったもんじゃない。被害が拡大しないためにも、協力してもらえないか？」

そこまで言うと、岐ノ瀬は津堂の目を見ていられなくなって視線を逸らした。

紛《まが》うことなき本音だが、いざ口に出してみると恥ずかしい。しかしおかげで伝わるものはあったのか、津堂は数度うなずくと岐ノ瀬の肩を叩いた。

「俺は動物のことはなんでもわかるが、こんな事件に巻き込まれたらどうしたらいいかさっぱりだ。プロのあんたの意見なら信頼できると思ったんだが……心配してくれてたんだな、ありがとう」

「そ、そんな大げさな話じゃ……」

余計なこと言わないでくださいよぅ、刑事さぁん。と、田上の情けない声が割って入るが、しかし岐ノ瀬はもう気にならなかった。

それどころか、津堂に叩かれた肩からじんわりと温もりが体中に広がっていく。

信頼？　悪態ばかりの岐ノ瀬の、刑事としての判断を？　津堂のことがわからなくなってくるが、しかし彼の言葉は妙に面映《おもは》ゆく、そして嬉しいものだった。

「悪いな田上さん、被害届は出させてもらう。だが、あんたも大変だったんだろう？　まり子のためにも、あんたもちゃんと自分の被害とか、こちらの警察の人らに打ち明けて、協力してくれ。なあ刑事さん、場合によっちゃ、被害届ってのは取り下げたりできるんだよな？」

「ああ、もちろん」

うなずきながら、岐ノ瀬は安堵《あんど》した。

本当は、常連客なのだから田上を許してやりたいのだろう。にもかかわらず、岐ノ瀬の言葉に耳を傾けてくれたことに。

気づけば、津堂の優しさにあてられ岐ノ瀬の気持ちも穏やかになっていることも知らずに、津堂は相変わらず真面目な顔をして続けた。

「二人に頼みがあるんだが」

「なんだ？」

「まり子はまだ少女なんだ。彼女に、大事な家族に手錠がかかる姿を見せたくない。田上さんはもう歳だし、手錠はまり子から離れるまで、しないでやってくれないか」

「なんであんたは、そうやって俺の感動をフイにするんだ……」

津堂が岐ノ瀬らの仕事意識を尊重してくれたありがたさは変わらないが、しかし彼はやはり変人だ。動物バカだ。

何感動してたんだろ俺。と岐ノ瀬は想わず津堂に叩かれた肩を、自らの手で払うのだった。

結局、手錠をかけずに田上はパトカーに乗ることになった。後部座席で悄然《しょうぜん》としている田上を置いて、運転席側に回った係長が、見送りに出てきていた津堂に声をかける。

「津堂院長。申し訳ありませんが、あなたもご足労願えますか。被害届もそうですけど、詳しい事情を聞かせてもらわにゃならんのです」

「今すぐに？　困るよ、困る。うちには動物がいるんだ、放っておけるか。それに、ジェシカの心のケアも必要だ。今日は、三十分以上病院を留守《るす》にするつもりはない」

「ああ、それなら留守番お貸ししますよ」

こともなげな係長のセリフに、当然のように後部座席に乗り込もうとしていた岐ノ瀬は驚いた上に扉に頭をぶつけてしまった。

まさか、と思う間もなく係長の口から予想通りの言葉が飛び出した。

「この岐ノ瀬刑事の仕事は、事件が解決するまでのジェシカの警護ですから。留守番から他の動物たちへの目配りも当然オプションについてきます」

違います。と、昨日までならまだ往生際悪く否定しただろうが、今日、こうして二度目の被害を見てしまうとそうも言ってられない。

あからさまに歯嚙みして係長を睨む岐ノ瀬の形相など気にならない様子で、津堂は「へえ、そりゃあいい」と無邪気なものだ。何がいいものか、と悪態をつきたいが、こちらもまた、今日ジェシカを放ったらかしにしていた罪悪感が重なって言いにくい。

ただ、ぎりぎりと岐ノ瀬の歯はすり減るばかりだ。

「岐ノ瀬刑事、じゃあ申し訳ないが俺の留守中動物たちを見てやってくれるか。何かあればすぐ電話してくれればいい。うちの看護師も一時間ほど顔を出しにくる予定だし」

「ち、ちょっと待て津堂院長！　百歩譲ってジェシカの相手だけならともかく、なんで俺が犬のおもりみたいな真似《まね》……！」

「犬だけじゃない。猫とハリネズミとヤギとミニブタがいる」

途中から動物の種類に想像力が追いつかなくなり、岐ノ瀬は絶句した。その、岐ノ瀬の鼻先を、子猫でもあやすようにしてつつくと、津堂はにやりと笑った。

相変わらずその手はちょっとばかり好みの域だ。ただでさえ、さっきから津堂への印象が良くなっているさなか、少し触られたくらいで岐ノ瀬は落ち着かない心地になってしまった。

何より、津堂は本当に、腹が立つほどそういう仕草が似合う色気があった。

もっとも、続く言葉で台無しだが。

「安心しろ岐ノ瀬刑事。モモとあんたが手を取り合えば恐れるものは何もない。休みたくなったら、二階に勝手に上がってくれてかまわないし、冷蔵庫のブロッコリーも食ってくれてかまわないぞ」

モモ。という言葉にふと足元を見ると、モモもまた険しい顔でこちらを見た。モモに恨みはないが、つい条件反射で、睨まれると睨み返してしまう。

「ブロッコリーなんか食べるか。っていうか誰が犬と手なんか取り合うか」

「それもそうだな。犬のは前足だった。じゃあ手と足を合わせ……」

「そういうことを言ってるんじゃない……」

「ふ、モモがあんまり優秀だからって、ほだされて警察犬にスカウトしたりしないでくれよ」

「しない。そもそも警察犬種でもないだろ。っていうか、俺の話を聞け！」

岐ノ瀬とモモの抗議の声が住宅街にこだまする。しかし、その剣幕を前にしてもにやにやと笑っている津堂はまるで、元気な犬を相手にしているような態度だ。

モモと、そして岐ノ瀬、二匹の犬が吠えている。

そんな目で見られている気がした。つまりそれは、あの動物に向ける優しい表情なわけで、犬扱いが気に食わないのに、どうしてか岐ノ瀬の頬は熱くなる。

こいつといると調子が狂う。

そんな焦りから、ついつい岐ノ瀬は、この事件を反省するどころか、声高に詰め寄るはめになるのだった。


ハムスター、ハリネズミ、猫。順繰りに様子を見て、犬舎に向かう。犬舎の奥にはヤギもいて、ずいぶん大人しい。明り取り程度の小さな窓の向こうはすでに夜の色に染まり、犬舎の中で誰かが鳴いた。

「おなかすいた」

声にさそわれて顔をあげると、上段のケージにいたトイプードルが勝気な瞳でこちらを見下ろしている。

「我慢してくれ。ドクターがまだ帰ってこないんだ」

津堂院長と呼ぶのも面倒で、モモの口ぶりを真似ると、犬はぴたりと押し黙って不審そうにうなった。「あいつ、何言ってるか聞こえるんだけど」「変な奴」と不気味そうにささやきあう声はいつものことだ。

犬と話ができます。だからみんなと意思の疎通にはまったく困りません。

なんてうまい話はなかなかなく、言葉の通じる岐ノ瀬を前に警戒心を見せる犬も存外多い。

津堂が、真摯な態度でこの犬舎の患者らに向き合っていた姿を思い出すと、その仕事ぶりを、自分が穢《けが》すわけにはいかないような気になる。だから、あまり話しかけるのも犬のストレスになるだろうと感じ、岐ノ瀬は必要なチェックだけ行うとすぐに犬舎を出た。

背中を、犬のうなり声がまだ追ってくる。正直、少しわずらわしい。

一人で犬とお留守番。という行為が、岐ノ瀬の古い記憶をいたずらにかき乱すからだ。

津堂が警察署に向かってからもう半日。昼過ぎに動物看護師とやらが一度来た以外、この病院には岐ノ瀬以外の人の気配はないままだ。

妙な気分だった。生命に溢れているが、この病院はどこか空虚な雰囲気だ。

「見直しましたよ」

しゃちほこばった声に、岐ノ瀬はむっと眉をひそめて足元を見た。

いつのまにかモモが、舌を出しながら歩み寄ってきている。

「乱暴で無粋な男でしたから留守番だなんて心配してましたけど、ちゃんと定期的に患者さんの様子、見てくれてるんですね」

「見てもわかんねえけどな」

津堂の大事な患者に、自分は何かやらかしているかも。と、知らない人間の存在に落ち着かない様子だった患者らの姿を思いだし、岐ノ瀬はため息をついた。津堂といつも一緒なのだろうモモが褒めてくれるのなら、ただの見張りも及第点には達することができたのだろうか。

「ドクターもきっと褒めてくれますよ。頭、いっぱい撫でてもらえますね」

「勘弁してくれよ。俺はお前たちと違って頭撫でられるのは好きじゃない」

「撫で撫でが嫌いとは、可哀想な話です」

「むしろ、なんでお前らはあんなに撫でられるのが好きなんだか」

思わず、庇《かば》うように自分の頭を撫でるが、脳裏にはそれなりに好みの骨格の手が思い出されるものだから、まるで期待しているような心地になってしまう。

好きなものと嫌いなものの境目にいるのはなかなか心が忙《せわ》しいものだ。

「ドクターはいつ帰ってくるでしょうか？　ケイサツというのに連れていかれてから、もうずいぶんたってます」

生真面目な顔をして聞いてくるが、岐ノ瀬はそんなモモを見下ろして首をかしげた。

「まだ七時だ。十時過ぎても帰ってこないようなら、電話で確認してやるよ」

「じゅうじ……」

「そうか。時間まではわかんねえか」

モモは先ほどから、落ち着かない様子で受付の入り口と岐ノ瀬の足元をいったりきたりしている。

「津堂が帰ってこないから寂しいのか」

「失敬な。私は子犬じゃありませんよ」

「どうだか」

せせら笑うと、一瞬モモはむっとした様子だったが、すぐにしょげたように尻尾をへたらせてしまった。

「ドクターも、あなたくらい私の言葉が通じればいいのに。私は反対だったんですよ、ジェシカを預かるのは。あんなに言ったのに、ドクターは『そうかそうか、友達が長居してくれて嬉しいか』なんてまるで頓珍漢なことを」

「なんだ、お前さんジェシカとは相性が悪いのか？」

当のジェシカの様子を見に行こう、とばかりに岐ノ瀬が二階に向かうと、ちゃかちゃかと爪音を立ててモモが追いかけてきた。そして、ジェシカに聞かれたくないのか、声を潜める。犬なりに、気まずい話があるらしい。

「鳥連中はね、何を考えてるのかわからない妙な連中ですよ。ぱたぱたしてて綺麗ですけど。けれども問題はジェシカのご主人です」

「お前、美野を知ってるのか」

思わず、階段の半ばで足をとめて岐ノ瀬は振り返った。

古い家屋の階段には電気などなく、二階からの光が漏れてくる程度の暗がりの中で、黒い柴犬の白い眉だけがぽつんと浮いている。

「そう、美野さん。あの人はすぐに、ドクターを自宅に誘うんですよ。美味《おい》しいワインがあるからとかいって、ドクターもドクターです。誘われたらすぐについて行って、お酒の匂いさせて帰ってくるんですから」

「なんだ、仲がいいのか、津堂と美野は」

「仲良くなんてありません。ドクターは優しいから、美野さんの相手してあげてるだけです。そりゃあ、ドクターはちょっと、賑《にぎ》やかなことが好きなきらいはありますし、宴会も大好きですけど……でも絶対、あんな無遠慮な人と仲がいいはずありませんから」

「……おい、そういうのは問題つうか、お前の嫉妬《しっと》っていうんじゃないか？」

「失敬な。私を田村《たむら》さんところのぶち猫みたいな言い方しないでください」

「誰だよ、その田村さんちのぶち猫ってのは……」

ため息をついて再び階段を上り始めながらも、岐ノ瀬はモモの話を深く反芻《はんすう》していた。

その話が本当なら、津堂は美野とかなり親しかったのではないか。わかりやすい殺人事件などと違って、詐欺などの事件はあまり表立って捜査しにくい側面がある。例えば、幹部とおぼしき人間についてご近所で聞き込みをするだけでもその噂が耳に入り、捜査の手が伸びていると感じた犯人たちに、証拠ごと失踪されてしまうことも珍しくないからだ。

そのため、まだ内偵中の美野についての情報収集は慎重になるがゆえにそこまで進んでいなかった。

しかし、今の自分なら、ジェシカのために知りたいんだとかなんとか言えば、津堂から美野について面白い話が聞きだせるかもしれない。

「ふふん、僻地《へきち》に追いやられてもしっかり結果を出す男だと、係長に思い知らせてやろうじゃないか」

ここに来て、ようやく津堂の帰宅が楽しみになってきた。ジェシカの監視担当なんて貧乏くじもいいところだと思っていたが、逆に手柄のチャンスになるかもしれない。

「ハゲ」

二階の部屋に入ると、ジェシカが相変わらずのセリフで迎え入れてくれた。元気そうで何よりだ。ジェシカのケージが置かれた和室は六畳ほど。座布団さえなく、部屋のいたるところに、岐ノ瀬にはよくわからない書物が積み上げられている。

「ブロッコリー食べるんですか」

てけてけとついてくるモモに「食べない」と返事はしたものの、慣れない他人の家をうろつけば、真っ先に冷蔵庫を発見してしまった。

古めかしい日本家屋で、二階に冷蔵庫、というのは少し不思議な光景だったが、そもそもこの部屋は台所ではなさそうだ。コンロも何もない部屋にわずかばかりの家具があり、テーブルの上にはところせましとペットフードが積み上げられ、その奥に置かれたテレビは、置物同然の様子で埃《ほこり》をかぶっていた。

清潔感に溢れ整然としていた病院部分と違い、俄然《がぜん》生活臭が出てきたが、しかしやはり、空虚な雰囲気は変わらない。

「おいモモ、この家に住んでるのは津堂院長だけか？」

「私も住んでます」

「津堂院長だけなんだな」

男の一人暮らしなら、この雑多な雰囲気も仕方ないか。まるで捜査の一環のような態度で岐ノ瀬は慎重に津堂の生活空間をチェックしていく。

冷蔵庫をあけると、中はブロッコリーと栄養飲料だけが並んでいた。まともな生活が送れているのだろうかと、ガラにもなく心配してしまう内容だ。そして、レンジもコンロもないここで、この野菜をどうするというのだろう。食べていいと言っていたが、まさか生で、なんて言い出さないだろうか。

ふと足元を見ると、ぱたぱたと尻尾を振りながらモモがこちらを見上げている。

「ブロッコリー、食べないんですか」

「……もしかしてお前のブロッコリーかこれ」

「はい。美味しいですよ。ドクターが食べていいといったので、わけてあげないこともありません」

「丁重にお断りさせていただくよ」

そっと冷蔵庫の扉を閉め、岐ノ瀬はため息をついた。

やっぱり津堂は、自分を犬か何かだと思ってやしないだろうか。だから、いきなり押しかけた警察官相手に愛想よくできるに違いない。

本当に、津堂は変わり者にもほどがある。優しい男のようだが、どうにもついていけない。しかし、考えてみれば少しは好みだなんて思ってしまっているのだから、その浮かれた気持ちを冷やす材料には丁度いいのだろうか。

「モモ。その美野って奴と飲むときは、いつも向こうの家だったのか。ここで二人で飲んでたことは」

「ありません。何人か知らないお嬢さんたちが来たことはありますが、みなさんどうしてか二階までくると、急用を思い出して帰ってしまうんです」

「だろうなあ」

なあんだノンケか。と、ついいつもの癖で思ってしまったが、そもそも仕事上のつきあいでしかないだろう、何考えてるんだと自分に言い聞かせ、岐ノ瀬はあたりを見回した。別の部屋にはベッドの上にケージがいくつも積み上げられていたし、廊下にはひたすらペットフードやら動物用のトイレ砂の袋などが積み上げられており、二階にはまともに人が生活できそうな場所が一つもない。

こんな状況に女性を連れ込むなんて、あの津堂という男は相当自分に自信があるのか、無頓着なのか、どちらかだ。

しかし、美野の家に行くときでも、休日一人ででかけるときも、基本的に津堂は一時間以上外出はしない。と、モモは「時計の針が一周回るまでに必ず帰ってくる」と言って教えてくれた。

長時間の外出時は、必ず一度、モモや、預かり物の動物らの様子を見に病院まで戻ってくる。

「だから、美野さんなんかに誘われても、いつもすぐに帰ってきてくれましたからね。美野さんよりも、私のほうが魅力があるに違いありません」

はいはいおっしゃるとおりでございます。といいかけて、岐ノ瀬は引っかかるものがあった。モモの言うことが本当なら、津堂がこんなに長時間病院を離れているのは、きわめて珍しいことなのではないだろうか。

そのことに気づいたとたんに、今まで流暢《りゅうちょう》に津堂のことを語っていたモモがそわそわしだした。

何事か、と思うまもなく階下から車が止まる音が聞こえてくる。

「ドクター！」

わん。と一声吠えるとモモは一目散に一階へと駆け下りていってしまった。

やはり寂しかったのだろう。こんなに長く、初めて離れ離れでいたのだから。

遠ざかるくるんとまるまったモモの尻尾を見て、岐ノ瀬は津堂がモモを撫でる姿を思い出していた。本当に大事にしているのだろうな。あの優しい顔をいつも犬に向けて、一人と一匹で、この広くも雑多な部屋で過ごしている。

ふと岐ノ瀬はこの家にただよう空虚さの正体に気づいた。ここでの生活は犬好きにはさぞや楽しいのだろうが、少し寂しすぎる。

美野に誘われたら、すぐに飲みに出かけたとモモは言っていたが、ならば人間嫌いということもあるまいに。

そんなことを考えながら一階に降りると、モモが病院のロビーで津堂に飛びついている姿が見えた。そんな愛犬を受け止めながら、津堂は岐ノ瀬が受付に姿をあらわすと、こちらにも相好を崩してみせてくれた。

その様子に、少しほっとしてしまう。

「よう、留守番ご苦労さん」

「ジェシカの監視だ。留守番のつもりはない。それにしても遅かったなドクター、犬舎の連中が腹を空かせてたぞ」

「そうなんだ。あいつらに飯を用意してやらないとと思うと気が気じゃなかったんだが、慣れない買い物に時間を食ってな」

「買い物？」

警察署での事情聴取に時間がかかったのではなかったのか。思わず眉をひそめた岐ノ瀬の目の前、受付のカウンターに津堂は両手いっぱいに持っていたビニール袋を置いた。

誘われるように中を覗き込むと、おにぎりだのカップラーメンだのが大量に入っている。

「ああ、一応飯買う能力はあったんだな。心配したんだぞ、犬用の野菜しかないあんたの冷蔵庫の中身に」

「犬の食えるものは人間も食えるだろう。うまいぞ生ブロッコリー。ささみジャーキーに合うんだ」

「……ささみジャーキーに？」

まさか、と青い顔で津堂を見つめると、動物を相手にしているときは頼もしげな獣医は、岐ノ瀬相手にはなんとも頼りない顔をしてさらに墓穴を掘りにかかる。

「なかなかいけるぞ？　味噌《みそ》とかつけてな。だが、まさか俺も刑事さんにドッグフードを無理強いするつもりはない。だからいろいろ買ってきたんだ。好きなのをいくらでも食ってくれ」

「好きなのって、まさか俺の夕飯買いに行ってくれてたのか。気持ちは嬉しいが、品物とかは受け取れない決まりになってんだよ……」

まさか、こんな無頓着な家に住んでる男がそんな気をつかってくれたとは思いもよらず、岐ノ瀬は驚いた。

おにぎりやカップめんばかりとはいえ、その具やメーカーはさまざまで、一つも被っていない。その甲斐甲斐《かいがい》しさは動物にだけ向けられるのだろうと思い込んでいたが、会ってまもない、文句ばかりの刑事にまで気をつかってくれるなんて、自分の中の悪態が恥ずかしくなってくる。早く動物のために帰ってきたかっただろう時間をおしてまで夕食を買ってきてくれた津堂の厚意を無下にするのがもったいなく思えて、岐ノ瀬は袋の中からカップめんを一つ取り出した。

と、その品のさらに下に歯ブラシが三本ほどあることに気づく。

ドキリとした。まさか、同居人でもいるのだろうか。それとも、モモは「すぐに帰る」といっていたが、今夜も来る予定の女でも……。

いたところでかまわないはずなのに、いないと決めつけて安心していたせいか、やけに他人の香りを意識してしまう。

そんな岐ノ瀬に、津堂はのほほんと続けた。

「ああ、その歯ブラシ好きなの使ってくれ。ブラシの硬さの好みがわからなかったから、硬いのからやわらかいのまで全部買ってきた」

意識したのも束《つか》の間、女が来る可能性よりもはるかに奇妙なことを言われた気になって、岐ノ瀬は嫌な予感に襲われた。

「……なんで、俺がこの病院で歯磨きしなきゃならないんだ？」

「なんでって、犯人がいつくるかわからないときは泊るのが普通なんだろう？」

「ふつ……」

普通のわけがない。地域内で、見張りなどのために部屋を貸してくれたりする提携はもちろんそこここにあるが、今回はそんな話は聞いていない。しかも、動物まみれの施設で。

何より、こんなに若い、すぐ距離の近くなる、ちょっとばかり好みの部分がなくもない男と一つ屋根の下だなんて、いくらなんでも気まずい。いや、決して、こんな動物好きの変人と何か間違いを犯す気はないが、とにかく嫌だ。

絶句した岐ノ瀬の足元で、嫌そうにモモがうなった。その声に我に返った岐ノ瀬は、携帯電話を取り出すと、係長の番号を押す。

岐ノ瀬がかけてくるのを待っていたかのように、コール音一度で上司と繋がった。

『ただいま係長は電話に出られません。ご用件の方は、ぴーという俺の鳴き声のあと……』

「ふざけんなおっさん！　どういうことです、なんで俺が津堂病院に泊らなきゃならないんです！」

『だって、うちに泊ってくれていいって津堂院長が言うんだもん』

「もんじゃありませんよ、気持ち悪いからやめてください。っていうか、来るかわからない犯人のためにそこまで張り込めっていうんですか！」

『いつ来るかわからないからこその張り込みだろ。うちの署員が責任もって張り込んでますって署長がもう津堂議員に言っちゃったから、有言実行しないと』

「ちょっと署長の唇、縫い合わせといてもらえませんかね！」

『お前が貧乏くじ引いて不毛な張り込み一人で請け負ってくれて、文句も言わずに他の署員の失敗をフォローしてくれたことはちゃんと伝えておいてやるから、そう怒りなさんな』

「あの鳥頭の署長にそれ伝えて、どのくらい覚えていてもらえますか」

『三歩歩いたら忘れるだろうけれども……。まあ、お前も昇進祝いのバカンスだとでも思って羽伸ばせよ』

バカンスというのは、こんな苦手な動物まみれの病院で、カップめんとおにぎりとブロッコリーしかない生活を送りながら、ちょっとばかり話の嚙みあわない変人と二十四時間過ごすことだっただろうか。

「係長……せめて交代にしましょうよ。俺はバカンスより捜査がしたいです……」

ついには泣き落としになってしまった岐ノ瀬の願いは、しかし聞き届けられることはなかった。

『ま、ジェシカに何かあるのは今回の事件からも確かなんだから、ここは一つ頼むよ岐ノ瀬くぅん』

岐ノ瀬の手の中で、持ったままだったカップめんのパッケージがみしりと凹《へこ》んだ。

その音が聞こえたのかなんなのか、ふざけていた係長の声が少し真面目なものになる。

『そうそう、さっきの田上とかいうじいさんの引っかかってる詐欺、やっぱり俺らが追ってるグループのマルチ商法詐欺だったわ。被害者としてもちゃんと対処して、そっち方面も調べてみる。ジェシカをとってくるよう依頼した奴も同じ詐欺被害者みたいでな、伝言ゲーム状態で真犯人に行き着くのは難しそうだ』

「……俺が捜査に参加したら、あっという間に行き着くかもしれませんよ？」

『それは頼もしい。そんな頼もしい刑事さんがジェシカの傍にいてくれたらもう安心だ！ってことで頑張れよ。何かあったら連絡してくれ』

「かかりちょ……」

『じゃ、こっちも立て込んでるからもう切るぞ。犬と喧嘩すんなよ、お前はすぐに警察犬とかとも喧嘩すんだから』

だったらなおさら、動物病院の張り込みなんてやらせないでください。

しかも男と二人きり、泊りがけで……。

という反論は間に合わず、通話は切れた。

わなわなと、通話相手の居なくなった携帯電話を見つめていると、津堂が心配げに口を開く。

「なんだ、やっぱり泊らないのか？」

顔をあげると、存外すぐそばに津堂の顔があり、岐ノ瀬は思わず赤くなってしまった。ここに泊まると決まったとたん、今までしていなかった意識をしてしまう。

そして急に、その体つきと手以外はさして好みでない、と思っていたはずの顔まで、ちょっと素敵に思えてくる。

「なんでそんなに残念そうな顔をするんだ。何泊になるかもわからないのに、いきなり警官を泊めてやるとか、せっかくの休診中なのにあんた安請け合いしすぎじゃないかドクター」

田上を許してやろうとした件にしてもなんにしても、津堂は少々お人好しなところがあるのでは、という疑惑まで湧《わ》いてきた。

「大丈夫だ。うちには犬やら猫やら大勢いる。人間が一人増えても問題ない！」

言い切る津堂の瞳は、さきほどとはうってかわって期待に輝いている。

そういえば、モモが「ドクターは賑やかなのが好き」とかなんとか言っていたが、まさか他人が泊り込むのがそんなに楽しみなのか。

人の気もしらないで勘弁してもらえないだろうか。いや、決してこんな浮世離れした変人、好みではないから問題はないけれども。なんだかさっきから、そんなことを自分に言い聞かせてばかりいる気がする。

今からでもいいから、やっぱり泊めたくないとか、言ってくれないかな……そんな懇願が漏れそうな唇を震わせていると、津堂が真剣な眼差《まなざ》しで言った。

「大丈夫か岐ノ瀬刑事、積み木貸してやろうか？」

「つみき……？」

「モモのおもちゃだ。気分が沈んだときは、あれで遊ぶと元気が出る」

「……」

途端に、今までの錯覚だの混乱だの意識だの、そんなものはさっぱり飛んでいってくれた。前言撤回だ。心配することなど何もない。こんな、一から十まで動物基準の男、誰が興味なんぞ持つもんか。

今度こそ岐ノ瀬の手の中でカップめんのパッケージは壊れ、中からぱらぱらと割れた乾麺がこぼれるのだった。


さっと意識に明るいものが差し込み、岐ノ瀬は驚いて目を開けた。

視界に見知らぬ天井が広がり、視線をめぐらせると、大きな窓のカーテンが片端から開けられていくところだった。起き上がろうとすると体が寝床からずり落ちかけて、ようやく岐ノ瀬は自分のいる場所が津堂動物病院だったことを思い出した。

ほどよい弾力のある寝台は、受付のソファー。寝心地は悪くなかったが、幅の狭いその上で寝返りもせずにいたせいで、起き上がると体の節々が痛い。ネクタイとベルトをはずしただけの格好で寝ていたのでワイシャツが皺だらけになっているが、時間を見つけて着替えを取りにいったほうがいいだろう。

座りなおして思い切り伸びをすると「いい朝だな」と声をかけられ、岐ノ瀬は病院入り口を見た。

「おはよう岐ノ瀬刑事」

シャツにズボンに白衣。昨日と変わらぬ格好の津堂が、モモと一緒に病院の窓とカーテンを開けてまわっているところだった。

現金な話だが、さんざんごねたものの、こうして朝一番で視界にいれるにはなんとも目の保養になる男だ。すらりとした立ち姿は美しいシルエットで、白衣の皺さえ洒落《しゃれ》たデザインに見える。

これで動物バカの変人じゃなかったらなぁ。と思いかけたところで、岐ノ瀬は慌てて目をこすった。動物バカだとか変人だとか、そんなことは関係なく仕事関係者をそんな目で見ている場合ではない。

「おはようドクター。しばらく休診中だったんじゃないのか?」

「休診中も、入院してるペットに会いたい人もいるし、急患を連れてくる人もいる。なるべくインターホンを押しやすい空気作りは大事だろ」

無頓着なようでいて、ときどきやけに気遣いの深いことを言う。

よくわからない男だなあ。と思いその働きぶりを見つめていると、すべてのカーテンを開け終えた津堂がこちらにやってきた。そして、ずいと夕べのおにぎりの一つを差し出される。

「結局、買い込んだものの半分はあんたが金を出してくれたんだから、朝飯におにぎりとか食うか？　カップめんにするなら、お湯沸かすぞ？」

「いや、いい。俺は朝は食わないんだ」

「医者として推奨できないな。朝食は一日の基本だ。それに寝床もな……なんでこんなところで寝てるんだ、せっかく客用布団敷いてやったのに」

非難がましい目覚めの言葉に、むっとして岐ノ瀬は津堂を見上げた。

確かに夕べ、津堂は嬉しげに部屋の中をひっくり返しては、来客に必要なものを発掘していた。ヒビの入ったコップにカビの生えた座布団、それに、なんらかの毛まみれの布団。なんの毛だ、と聞けば、犬から猫から、果てはカピバラだのワラビーだの、なぜそんなものが病院に来る機会があったのかと胸倉摑んで問いただしたい面子《メンツ》が羅列された。

丁重にその布団をお断りして、こうして受付のソファーで寝ていたのだ。

「ちゃんと毛は取ってやったのに」

だからなんだというのだ。と腹は立つものの、幸い男と一つ屋根の下、という緊張は一晩過ごしても湧かずじまいで助かっている。

だいたい、甲斐甲斐しく布団を出したり、毛を取ったり、津堂はいったいどういうつもりなのだろうか。まるで急な来客への接待を楽しんでいるようにさえ見えるが。

どうせこれも、迷い込んだ野良犬でも世話してる気分なんだろうな、と結論づけると、岐ノ瀬は拗ねた津堂を放ったらかしてソファーから立ち上がった。そして受付近くにあった鏡ジェシカのケージがすぐ目の前のカウンターにある。こちらもすでに目を覚ましている小鳥は、そんな岐ノ瀬を感慨深げに見つめていた。

「おはようジェシカ」

相変わらず「ハゲ」と返ってくるのだろうと思いきや、意外な言葉が帰ってくる。

「オソヨウ。ドウセオキテコナイトオモッテ、ゴハンヨウイシテナイワヨ。ヒトリデデマエデモトッテチョウダイ」

「……なんて世知辛いセリフ覚えてんだこの鳥は」

「うちのモモも賢いが、ジェシカもなかなか賢い。かけられた言葉に反応して、どの言葉を返事すればいいのかちゃんと覚えてるんだろうな」

「へえ、じゃあ今のは『おはよう』への返事なわけか」

ネクタイを整えながら、ふと岐ノ瀬は違和感を覚えた。美野は、一人暮らしだったはずだが、さっきのジェシカの返事は少々所帯じみている気がする……。そんな疑問に囚《とら》われた岐ノ瀬の目の前にぬっと津堂の腕が伸びてきたかと思うと、ジェシカのケージの窓がひょいとあけられた。

津堂の無骨な指先がケージの中にもぐりこむと、待っていましたとばかりにジェシカはその指に飛び乗る。

「おい、ジェシカ、どうするんだ？」

「散歩に連れていくんだよ。持ち運ぶには、このケージはでかいからな」

「鳥に散歩？　おいおい、いたれりつくせりだなこの病院は」

「帰ったら今度はヤギの散歩。犬舎の犬に運動させて、猫にもひなたぼっこさせないとなあ」

「マジかよ」

岐ノ瀬にとってはまったくもって気に入らない男だが、やはり動物たちにはいい先生のようだ。

しかし、ジェシカが外に出るとなると岐ノ瀬ものんびり留守番というわけにはいかず、起き抜けの頭のまま、何か入り口に張り紙をしている津堂を追って病院を出た。面倒だが、津堂の動物に向けるあの優しい表情が見られるのならば、ここでじっと過ごしているより楽しいかもしれない。彼の仕事への姿勢だけは、岐ノ瀬としてもなかなか好ましく感じているのだから。

そう思うと、散歩も少し楽しみになってきた。

朝焼けに白む町並みは静かなもので、もう春だというのに、まだまだ冷え込んでいる。背広を羽織ってもまだ肌寒いのに、津堂は気にならないのか白衣姿のままだ。

モモのリードとジェシカのケージ。二つを手にした津堂とともに歩きながら、岐ノ瀬は街を見回した。

人気の少ない高級住宅地で、男二人と犬と小鳥。

奇妙な組み合わせに思えるが、津堂は気にせずどんどん歩いていく。

このあたりは、マンションかと見まがうばかりの大きな邸宅が多い。どの家も、最近よく見かける安そうな外壁と違って、各戸こだわりのある建築仕様で、根っからの庶民である岐ノ瀬には眩《まぶ》しすぎた。

ただでさえ、好きでもない動物の散歩なんかに同行する羽目になっていることもあって、つい、世間話を投げかける岐ノ瀬の口調も嫌味めいてしまう。

「立派な街だな。あんたの病院も土地とか高いんだろう。持ち家なのか？」

「いや。じいさんが愛人住まわせてた家なんだが、今はもう誰も住んでいなくて物置になってたからな。俺が借りることになった」

愛人、という単語に岐ノ瀬はぎょっとなった。自分なんかが、そんな津堂の立ち入った事情を聞いてしまってもいいのだろうか。

不安になった岐ノ瀬に、津堂は淡々と続けた。

「家賃は月々二十万。まああれだけ自由に使わせてもらってるんだから、安いもんだ」

「そ、そうか。ええっと、そりゃあラッキーだったたな。うん」

適当にうなずきながらも、岐ノ瀬は落ち着かなくなってきた。動物さえいればいつだってなんだって幸せ、なんてことを言いかねない男が、祖父の話になった途端、急に沈んで見えたからだ。

わふわふと、ご機嫌で歩くモモの後ろ姿を見る津堂の瞳が、いつもより少し大人しい。

「ま、まあのじいさんも、うちの署に圧……激励飛ばしてくれるくらいには、ドクターのこと心配してたんだし、なかなかいいじいさんじゃないか」

「あの人は俺の心配なんかしないよ。自分の選挙区で、妙な騒ぎを起こしてほしくないんだろう」

「自分の選挙区に愛人囲ってたくせに、そりゃあまた都合がいいじいさんだな……」

突っ込みながらも、岐ノ瀬は焦燥感が芽生えてきた。

駄目だ。話が悪い方向に行っている。せっかく少しは空気を和《なご》ませようと思ったのに。

こんな動物バカを元気づける必要なんてないのだが、しょげてしまった男を放っておけずに岐ノ瀬は他に言葉を探す。

こんな、かっくりとうつむいて冴《さ》えない顔をされるくらいなら、いつものあの、人を動物扱いしてくる気障ったらしい笑顔のほうがマシだ。

しかし、いいセリフは何も浮かばない。気まずい時間を誤魔化すように、ポケットにあったネクタイを意味もなく締めたりしていると、モモが声をあげた。

「ドクター！　通り過ぎてしまいましたよ」

何がだろうと思えば、ちょうど、申し訳程度の遊具が配置された小さな公園を通りすぎるところだった。津堂が、めずらしく慌てた様子であとずさると、モモとジェシカを連れてその公園へ足を踏み入れた。

「あなたは知らないでしょうけれども、朝の散歩はここに来るのが一番大事なことなんですよ。あなたは知らないでしょうけど」

どこに行くかより、岐ノ瀬が何も知らないことのほうが大事だとでも言いたげに念を押しながら、モモが得意げに笑う。なんとも可愛げのない奴だ。しかし、おかげで沈みかけた空気を、公園の賑やかな空気が包み込んでくれたので助かった。

公園に足を踏み入れたとたん津堂の表情も和《やわ》らぎ、岐ノ瀬はついついほっと胸をなでおろしてしまう。ちょうど今は、近隣住民とペットの散歩タイムのようで、ダックスフンドだのレトリーバーだの、犬連れの人がたくさんいた。

そして誰も彼もが、津堂と目が合うと朗らかに挨拶してくるではないか。

今まで沈んでいたのも忘れたそぶりで、愛想よく応じる津堂に、岐ノ瀬は感心してしまう。この街で、津堂が獣医としてどれだけ信頼されているか、この光景を見ているだけでも伝わってくる。

「あ、津堂先生！　モモちゃんも！　おはようございます！」

中でも、ひときわ甲高い声をあげて駆け寄ってきた少女がいた。部活の予定でもあるのか、春休みなのに学校のジャージに身を包んだ彼女は、腕にチワワを抱いている。

「彼女は、二丁目の愛さんですよ」

岐ノ瀬の戸惑いに気づいた様子で、モモが声をかけてくれた。その愛さんとやらは、瞳を輝かせて津堂を見上げていた。

「津堂先生、メェちゃん元気ですか？　ごはんいっぱい、食べてます？」

「元気だったら動物病院にきたりしないよ。メェはまだ、退院させられない。それに、食事は制限している」

「メェちゃん？」

と、岐ノ瀬が二人ではなく、モモにそっと尋ねると、モモも真似するように「わふっ」と小さく吠えた。

「一番大きな部屋に、ヤギのメェさんがいたでしょう。愛さんの学校の方だそうです。悪食でね、私のおもちゃまで食べようとするんですよ。だから体を壊してドクターのところへ」

なるほど、とうなずいて二人に視線を戻すと、さっきまでは輝いていたはずの少女の瞳には不安の色が宿っていた。

無理もないだろう。津堂の言い方はまるでメェちゃんとやらがちっとも回復していないかのようだ。

「おいドクター、病気なのは彼女もわかってるだろ。ちょっとは回復したかって聞いてるんだ」

思わず口を挟むと、津堂は初めて少女の意図に気づいたような顔をして目を瞠った。

「なんだ、それならそうと言ってくれればよかったのに。メェならだいぶ回復したぞ。少し、あのなんでも口にいれる癖をなんとかしてやりたいんだが、まあ学校が始まるまでには元気にしてお返しする予定だよ」

「ほんと？　春休み終わったらちゃんと会えるの？」

「会える会える。メェが、悪食ぶり発揮してうちの病院のケージを食わない限りな」

嬉しげに笑う少女の腕の中で、チワワのほうは飽きたように憮然としている。しかし少女はなおも津堂にまとわりついた。

「じゃあ、春休み中先生のとこにメェちゃんに会いにいかせて？　私動物好きなんだあ」

「ダメだ。うちは動物園じゃないんだから」

「わかってるよ。ほら、この子の健康診断とか、そういう用事で行くから」

「悪いけど、うち今は休診中でね」

終わらぬ二人の会話に、岐ノ瀬はだんだん苛々してきた。

少女は津堂に好意を抱いているのだろう。そして津堂はそれなりに毅然《きぜん》と断っているが、どうにも嚙みあっていない。次第に提案が少女ではなく女のそれになりつつある中、津堂はというと彼女の言葉の意図が再びわからなくなった様子で、むっと眉をひそめて首をかしげている。

「だったら看護師さんとかいないんだよね？　私、お掃除してあげようか？」

「今うち、求人はかけてないんだよ」

すっとぼけた返事はわざとではなさそうだ。この顔と気障な態度、そして部屋にモモいわく素敵なお嬢さんとやらを数人招待しているような男が、まさかこんなに女扱いに長《た》けていないとは予想外で、岐ノ瀬ははらはらしてきた。

なんだったのだ、その顔は、その気だるげなシルエットは、人をからかうような言葉選びは。全部天然だったのか……。

そう気づいたとたん、そんなに不器用な返事ばかりじゃつけこまれるぞ。と、津堂の見かけにそぐわない押され気味の様子を見ていられなくなって、岐ノ瀬は口を挟んだ。

「おい。お嬢ちゃん。君の犬、腹空かせたっていってさっきからご機嫌斜めだぞ。早く帰ってやったらどうだ」

岐ノ瀬の言葉に、少女はびっくりしたように肩をすくめた。ついでにチワワも驚いていたが、こちらは可愛げのない犬で「気づいてたのなら早く言ってよね」などとぶつくさ唸っている。

かよわそうな生き物二人を前にして、まるで自分が悪者のようだ。とわずかにひるんだものの、どう見ても少女の好意に興味がなさそうな津堂を、いつまでもこの茶番につきあわせるのは可哀想だった。

「あー、とにかく、帰るなら気をつけなさい。早朝も、ひったくりとかいるから」

「は、はい。気をつけます。ごめんねアクア、気づかなくって。それじゃあ津堂先生、私が病院に遊びに行くの、考えておいてね！　メェちゃんのこと、お願いね！」

「ああ、メェちゃんのことは任せておきなさい。病院には来な……い、ように……」

津堂が最後まで言うより先に、少女はチワワを抱き直して駆け出してしまった。公園の入り口まで一目散。

その背中をしばらく見守ったのち、津堂は困り果てたようにガシガシと頭をかいて、手近なベンチに腰を下ろすと、ジェシカのケージをベンチの上に乗せた。とたんに、ジェシカは一度大きく羽ばたくと、空を見上げて頭を揺らしはじめた。そして、あたりに甲高い、けれどもささやかな音色が広がる。

「な、なんだなんだ？」

「日課だよ。美野さんは毎朝ここにジェシカを連れてきて、歌を歌わせていた。預かってる間も、歌わせてやらなきゃ可哀想だろう。だから俺が連れてきてやってるんだ」

「おいおい、帰ってくるかもわからない奴のペット相手にそこまでするのか？　美野の奴に弱味摑まれてるんじゃないだろうな」

「どんな支払いも遅れたことはないし、ジェシカが元気なときでも、定期診察に来るマメな人だよ美野さんは。ジェシカにあんなに優しい人が、事件を起こしてるなんて俺は正直信じられないね」

「……どんな奴なんだ、美野は？」

「いい人だ。一人者同士だからって酒に誘ってくれるが、あれで手料理がうまいんだ。この公園で他の散歩の犬にも懐かれてる、いい人だよ。一人暮らしで、すごい寂しがり屋だ」

甘いことを口走ると、津堂はジェシカの歌声に耳を澄ましている。公園の散歩者らも、この音色は日課になっているのか、慣れた様子で散歩のBGMにしている。

歌詞ではなく、メロディを奏でる声は、いつもと違って実に鳥らしい姿だ。

岐ノ瀬もベンチの端に座ると、津堂はジェシカの歌声にまぎれるようにしてつぶやいた。

「悪いな岐ノ瀬、助かった。彼女に帰るよう促してくれて」

その言葉に、岐ノ瀬は安堵した。

あまりの不器用さに、女に慣れていないと気づいてしまったが、それでもまだ不安はあったのだ。勝手に彼らの話を切り上げたことに。

しかし、まさか素直な感謝の言葉を告げられるとは思っていなかったので、気恥ずかしい。

「いいや。さしものドクターも女には弱いんだな」

照れ隠しのように笑ってみせると、津堂は相変わらずの困り顔で肩をすくめた。

やはり、祖父の話題を引きずっているのか。公園の人々には頼れる先生顔で挨拶していたのに、岐ノ瀬には冴えない表情を見せてくることが、少し寂しい。

「俺は人間の相手が下手でな。さっきも普通に喋っていたんだが、どうにもかみ合ってない気がする。でも何が悪いのかわからない。子供の頃からそんな調子だ」

自覚があったのか。と、今度は岐ノ瀬が驚く番だ。

その表情に、気まずそうに唇を尖《とが》らせると、津堂は足元に行儀よく座り込んだモモの頭をわしゃわしゃと撫ではじめた。太い指先は見るからに優しげに動き、撫でられてご満悦のモモの笑顔のような表情とあいまって、少しうらやましい心地にさえなる。

「じいさんともそうだった。いつも何が言いたいんだといって叱《しか》られてたよ。唯一ちゃんと繋《つな》がった会話はあれだ。ペットを飼いたい。駄目だ。これだけだな」

「なんだ、獣医やるくらい動物好きなくせに、ペット飼ったことなかったのか」

「ああ。うちのじいさんは動物嫌いでな。両親とかも、そんなに好きじゃないとは言ってたが……」

津堂の家族とは趣味があいそうだ。うっかりそんなことを思ってしまった岐ノ瀬の耳に、神経にささる言葉が流れ込んできた。

「実際動物に触れてみれば、その良さがわかるのに、結局みんなの拒絶に負けて機会を作れずじまいだった」

「つ、作れずじまいって、ほっといてやれよ。嫌いなら嫌いでいいじゃないか」

津堂議員は気に食わないが、同じ犬嫌い同士としてはちょっとばかり同情してしまう。

しかし、津堂は納得がいかない様子で首をかしげている。

「わかってないな岐ノ瀬。ペットってのはただの愛玩《あいがん》動物じゃない。無条件に愛せる相手であり、人の心の支えになれるんだ。アメリカなんかは研究も盛んで、大きな手術後や、更生施設に入っている人間がペットのおかげで回復力を何倍にもしたデータが……」

「た、たんま、ストップストップストップ……」

金の流れや企業の裏工作の話ならいくらされてもついていけるが、動物の話となるとからきし門外漢だ。次第に頭がこんがらがってきて、岐ノ瀬は勢いづいた津堂の鼻息から逃げるようにしてのけぞった。

「だから、そういうことは動物好きな連中でやればいいだろ。俺なんか興味ないから、そんなこと言われてもちんぷんかんぷんだ。まったく、お前のじいさん気に食わなかったけど、今ちょっとだけ共感覚えちまったじゃないか」

「好きな連中って……岐ノ瀬、あんたはそんなに動物が嫌いなのか？」

「ああ、なんていうか、嫌いだな」

「可愛くないか？」

「全然」

「撫でたくないか？」

「別に？」

「うぅむ……」

ここまで拒絶されたのは初めてなのか、津堂はすっかり難しい顔をして腕を組んでしまった。

ジェシカの歌はまだ続いている。メロディだけのそれは、確か懐かしい愛の歌だ。

美野が覚えさせたのだろうか。ハゲだの懐メロだの、変なことばかり覚えさせる男だ。

しかし、まったくその曲調に、二人の雰囲気は合っておらず、その空気を生み出したのが自分なのかと思うとうんざりして岐ノ瀬はため息をついた。

「動物に罪がないことはわかってるよ。ただ、嫌いだっつってんのに、あんたみたいに『でも可愛いから』とか『一度撫でてみろよ』とか言って押し付けてくる奴が多いから、余計困らされて苦手になったんだ。だから勘弁してくれ」

「そんな酷い奴がいるのか」

「いや、あんたもだろって……」

ぬけぬけと同情されて、岐ノ瀬は呆れてしまった。しかし、おかげで少し肩から力が抜ける。

「悪い。つい意地を張っちまった。本当に動物は好きじゃないんだ、それだけわかってくれたら、それでいい」

「……」

今さらのように謝ってみたが、津堂の眉間の皺はいっそう深まってしまった。

何か、ひどく悪いことをした気になってくる。せっかくの朝の散歩の時間だ。津堂は岐ノ瀬と違って動物が好きで、モモにあんな優しい目を向けていたのだから、幸せな時間になるはずだったろうに。

ここまでの動物嫌い相手に、動物好きの津堂が笑顔を向けてくれることなんてもうないんじゃないだろうか。だんだん、意固地になったことに後悔が芽生えはじめる。

そんな罪悪感に襲われた岐ノ瀬に、津堂が詰め寄ってきた。

「岐ノ瀬、紙とかペンとか持ってないか?」

「あ、あるけど、なんだよ急に……」

場違いな言葉にうろたえながらも、岐ノ瀬は仕事用の小型ノートとペンを取り出す。それをひったくるようにして奪うと、津堂は真剣な顔をしてメモ書きの体勢になった。

「いや、大発見だと思ってな。俺は動物好きで、頭の中はそれ一色だ。だからまるで真剣に動物嫌いの奴の気持ちを考えたことがなかったんだよ。でも、考えてみたらこんな興味深い話はない」

「は、はあ?」

「ちょっと、動物嫌いな人について情報を集めてみようと思ってな。そうしたら今後、ペットのいる家庭といない家庭のトラブル対策の役に立つ研究になるかもしれない……いやしかし岐ノ瀬、あんたに言われて目が覚めた。俺はもしかしたら、じいさんや両親に、酷いことをしていたのかもしれない。こっそり野良猫家に連れ込んだり、鼠を囲いこんだり、飛び込んできた蝙蝠を保護したり、風呂で金魚飼う可能性を夏休みの宿題にしたり……」

「ひ、酷過ぎんだろそれは……お前は鬼か」

気分を害してたんじゃないのか。と、険しい表情だと思いきや、その瞳が世紀の大発見のごとく輝いていることに気づき、岐ノ瀬は胸を撫でおろした。

それにしても、結局はその発見も動物のために繋がっているところがいかにも津堂らしい。

そんな感心を覚えかけたところで、はたと気づいて岐ノ瀬は取られたばかりのノートをひったくった。

「お、おい、ただのメモどころか、お前なんかがっつり書こうとしてるじゃないか。聞き込み用ノートに変なこと書くなよ！」

「変なことじゃない。岐ノ瀬がいかに動物嫌いか、まず最初のデータだ。ありがとう岐ノ瀬。あんたの歯に衣《きぬ》着せぬ、フェネックみたいにうるさい主張のおかげで俺は今まで無頓着だったことに気づけたんだ。是非、あんたも納得できるような研究してみせるぞ」

奪い返したノートごと、がしっと両手を握られ、岐ノ瀬はひきつった。

何もお前わかってないだろ。誰が見かけによらずうるさい動物で有名なフェネックだ。と、悪態はたっぷり胸に湧いたものの、きらきらした黒い瞳で見つめられると自然と苛立ちは消えていく。

大きな手と、真っ直ぐな瞳。

なんだか、子供みたいだ。一途で好きなものには熱心。そのくせ、動物を前にすると頼り甲斐のある大人の顔をしてみせる。変な奴だがいい奴だ、だなんて思ってしまうと興味が湧いて、岐ノ瀬は自然と胸に浮かんだ疑問を口にしていた。

「そういうドクターは、人間は苦手なのか？　動物のほうが好きとか、あるのか？」

「そんなつもりはない。人間も動物もどっちも同じくらい好きさ」

「同じくらい？」

「でも、昔から俺に優しいのは動物ばかりだから、ついついそいつらに構ってもらってしまうんだ」

構ってやる。ではなく、もらう、という言葉が妙にしっくりきて、岐ノ瀬は笑った。

「構ってもらう。か、見かけによらず、寂しがり屋なんじゃないかドクター」

「俺を寂しがり屋だなんて頓珍漢なこと言うやつは、岐ノ瀬が初めてだな。けれども、本当に俺と動物の関係っていうのは、構ってもらってるっていうのが一番しっくりくるんだ」

「その割に、美野に飲みに誘われたらすぐについていったらしいじゃないか。賑やかなの、好きなんだろ？」

「だ、誰に聞いたんだ一体」

自分でも、少しは寂しがっている自覚があったのだろうか。津堂の顔にらしくもない朱が走った。

そんな反応が新鮮で、少し楽しくなって岐ノ瀬は笑う。

「秘密だ。美野について調べているときに入手した情報だとだけ言っておこう」

「た、田上さんかな……まあいい。どっちにしろ、あれは俺じゃなくて、美野さんが寂しがり屋なんだ。俺はその……いっぱい動物と一緒だから、寂しくなんかないぞ。人間の友達が少ないことだって、気になんかしてない」

まるで諭すように、津堂は一語一語はっきりとした口調で言った。

そして、岐ノ瀬の手を握っていた手もゆっくりと離れていく。とたんに温もりが去っていくことが少しもったいなかった。

やっぱり、手は好みだもんな。と自分に言い聞かせるが、いつの間にか津堂の黒い瞳も、嫌いではなくなっていることに気づく。

動物も動物バカも嫌いなままだが、一途に自分の仕事に打ち込める奴は、嫌いじゃない。

「わかったわかった。寂しがり屋なのは美野のほうなんだな。それにしてもドクター、そんなに動物が好きなら、あんたに獣医は天職なんだろうなあ。構ってくれた動物たちにとっても、いいお医者さんが現れてよかったじゃないか」

岐ノ瀬の言葉に、しかし津堂の表情には再び陰が宿った。

何か悪いことを言ってしまっただろうかと、岐ノ瀬も青くなる。

「いいお医者さんなんだろうか。じいさんたちには、ちゃんとした医者にならずに、動物相手の医者になった落ちこぼれだって言われてんだが」

なんじゃそりゃ。という岐ノ瀬の言葉に、津堂自身「よくわからない」といって首をかしげた。

「うちは親父《おやじ》もお袋もじいさまも医者でばあさまは医者の娘でひいじいさんも医者でおじさんも医者でおじさんの奥さんとその弟さんも、その奥さんのいとこの友達もみんな医者だ」

「す、すごいな。何人か赤の他人混じってたが……それ、全員人間相手の医者か?」

「ああ。とにかく、思いつく限りみんな医者。俺も俺の弟も、ガキの頃から医者になれといわれ続けて育った」

「それが、どうしてあんただけ獣医になったんだ?」

「小学校の頃の友達はザリガニだ。登下校はいつも野良猫と歩いて、休みの日は近所の家の犬とこっそり遊んでた。医者になって誰かを病気から救いたいって思ったとき、真っ先に浮かぶ顔はあいつらの顔だったんだよ」

いつの間にか、ジェシカの歌声は止《や》んでいた。あの和やかな曲調をもう一度歌って、この男を癒してやってはくれないだろうか。

動物嫌いにもかかわらず、そんな思いが岐ノ瀬の胸に湧く。

そのくらい、津堂はいつもと変わらない表情に見えて、岐ノ瀬にはひどく沈んで見えた。

「いつも叱られてた。もっとクラスに馴染《なじ》めとか、成績上位のクラスメイトとは友達になっておけとか、部活は運動部にしろとか。そう言われて凹んでる俺を慰めてくれるのは、結局やっぱり動物ばかりでな」

「そういえばさっきも言ってたが、人間の友達、あんまりいないのか？」

「さあ。俺は友達だと思ってても相手がそのつもりはなかったり、なくなったりするもんだから、人間は何を考えてるのかわからなくて困るんだ」

皮肉ではなく、心底それが疑問であるかのように、真面目な顔をして言うものだから、岐ノ瀬は困ってしまった。

変な男だ。人付き合いが下手な理由も納得できる。だが同時に、そんな側面を目の当たりにすればするほど、岐ノ瀬は津堂が悪い男ではないような気になってきた。

人を煙にまくような物言いや余裕ぶった態度に隠れた彼の本性は、ひどくあどけなくて一途に思える。

そしてとても不器用……。

そんな調子で、痛い目を見やしないかとハラハラしてしまうが、余計なお世話だろうか。

「弟がいてな、あいつはなんでもかんでもできる立派な奴だ。じいさんや一族の願いを全部かなえてるから、いつも褒めてもらえてる」

「うらやましいのか」

「……人づてに聞いたんだが、再来月、あいつは結婚式をするらしい。相手のお嬢さんもな、医者だよ。じいさん大喜びだろう、医者になって医者の嫁さんを迎える二番目の孫は優秀だ」

「ドクター、あんたまさか……」

うらやましいのか。なんて茶化さなければよかった。そんな後悔にかられた岐ノ瀬の目の前で、津堂は特に傷ついた様子も浮かべずにうなずいた。

「招待状はもらってない。古い患者さんからおめでとうって言われるまで、結婚話も知らなかった」

誰かの犬が、モモを遊びに誘うように近づいてきた。しかし、そちらに気をやりながらも、モモは不安げに津堂を見上げるばかりで動かない。その気持ちが岐ノ瀬には痛いほどわかった。

きっと子供の頃からこうやって、津堂は家族が構ってくれるのを待ち続けながら、構ってもらえず、そうやって一人でいる姿を、動物のほうが放っておけなかっただけなのではないか。

子供心のまま、今でも。

「甥《おい》か姪《めい》でもできたら、動物好きになるといいな」

岐ノ瀬の提案に、津堂は訝《いぶか》るように眉をしかめたが、気にせず続けてやる。

「そしたら、甥や姪から見てあんたはスーパードクターだぜ。きっと懐いてくれる」

にやりと笑うと、津堂は目を瞠った。

そして、しばらくしてからふにゃりと口元が歪む。いいなあそれ、といってはにかむように微笑《ほほえ》んだ津堂に、岐ノ瀬はほっとしてしまった。同時に、自分の言葉が彼を喜ばせることができたことに、胸が温かくなる。

彼は気障でもなければ人を煙にまいているわけでもない。ただ、どこまでも純粋で正直なのだろうと気づいたとたん、津堂への刺々《とげとげ》しい感情がまるく柔らかくなっていく自分がいた。

「岐ノ瀬、あんたは優しい刑事だな」

「よせよ。人間は内心何考えてんだかわからないんだろ？」

茶化すようににやりと笑ってみせると、津堂も笑みを深めてくれた。その目じりに、薄く皺が寄ると、妙な愛嬌が滲《にじ》み出る。

そして津堂は、内緒話をするように、小声でささやいた。

「岐ノ瀬、本当のことを言うと、こんなことになるとは思ってなかったんだ」

「何がだ？」

「弟が結婚するって聞いたのと、おたくのおまわりさんに適当にあしらわれたのは同じ日だった。けっこうふてくされてな。みんなで俺のこと無視するんなら、いい子ちゃんにしてたって仕方がない。だから、いっそわがまま言ってやろう。そう思ってじいさんに電話して駄目元で無茶を言ったんだ」

「無茶って、まさかジェシカが襲われたときのクレームのことか？」

「ああ。まさか、本当にじいさんが、一族のはみだしものの俺のために、警察にそこまで圧力かけてくれるなんて思わなくてな」

「おいおいおい、お前……冗談よせよ。こっちはとんだとばっちりで……」

まさかの暴露話に、たまらず岐ノ瀬は頭を抱えた。こんな仕事嫌だ、と上司相手に駄々を捏《こ》ねた自分の醜態がまぶたの裏に蘇るが、その諸悪の根源が、こんなお家騒動の八つ当たりだったなんて。

「悪かった」

その一言に、岐ノ瀬は目を瞬《しばたた》かせた。

さんざんこの仕事に文句を言っていたくせに、急にそれが恥ずかしくなってくる。

「い、いや、結果オーライだろ。そもそも最初に適当な対応したウチが悪いんだしな」

「……俺も結果オーライだ。あのおまわりさんが嫌な奴だったおかげで、代わりに岐ノ瀬が来てくれたんだからな」

「なんだよそれ」

「岐ノ瀬はうちの犬舎の被害を調べに来たとき確かに言ったんだ。犬やスタッフに被害はないかってな。優しい人が来てくれてよかったなと、あのときからずっと思ってる。嫌いだとかいいながら、あんたは本当に優しい人間だ」

「そんなこと、言ったか？　っていうか、そのくらいみんな気にするだろ」

ことさら優しいとほめそやされることではないような気がして岐ノ瀬が首をかしげると、津堂はこちらを見てふっと笑った。

その笑顔に、不覚にも岐ノ瀬は引きつけられてしまった。

モモを見ているときも、そういう顔を津堂はする。それが愛しさであるか慈しみであるかはわからないが、無精ひげの頬が軽くゆがむような、柔らかな微笑み。

他人が犬の心配してやっただけでそんな笑い方ができるなんて、津堂のほうがよほど優しいのではないか。それも、底抜けに。

なんだか気恥ずかしくなって、岐ノ瀬はそっぽを向いた。

いつの間にか公園の面子は入れ替わっており、ゲートボールのセットを持った老人らが集まりはじめていた。モモが一つ吠えると、津堂は驚いたように立ち上がる。

「しまった。うっかり長居しちまった」

「いつもはもう帰る時間なのか？」

「ああ。だが、あんたとゆっくり話ができたし、ジェシカの歌も聞けたんだ。いい時間だったよ」

こちらを見下ろしてにやりと笑った津堂の表情は、いつの間にかいつもの、なんとも渋みのある、同じ男として気に食わない色気に満ちていて、さっきまでの柔らかさはなくなっている。だが、もう初めて会ったときのように、この笑顔が気に入らないなんて感情は湧いてこなかった。

岐ノ瀬はジェシカのケージを手にとった。

「いい歌を聞かせてもらった礼に、帰りは俺が持つ」

「そりゃ助かる。ありがとう岐ノ瀬。あんたもあの歌、好きか」

「ああ、確か古い歌手の、恋の歌だったんじゃないか、あのメロディは」

「俺も好きなんだ。そうか、恋の歌だったのか……」

明日の朝になれば、また津堂はこの公園にやってくるのだろう。ジェシカとモモを連れて。

今日も事態が進展しなければ、岐ノ瀬も一緒に来ることになる。

らしくもない穏やかな時間をまた過ごせるのかもしれないと思うと、らちのあかない張り込みも、そう悪いものではないような気がして、帰路についた岐ノ瀬の足取りは、少しばかり軽くなるのだった。


「あいつ診療所の入り口に張り紙してたんですよ。馬鹿だと思いませんか！」

そう怒鳴って机を叩くと、係長愛用のマグカップの中でココアが揺れた。

わずか一日ぶりの職場がやけに懐かしく感じる。

先輩刑事が、様子見がてらジェシカの監視を交代してくれたのは今日の夕方のことだった。

昨日ほど津堂や、動物病院への苛立ちがなくなっていた岐ノ瀬ではあったが、やはり息抜きくらいはしたくなる。例えば職場のタバコの匂いであるとか、係長の眉間の皺だとか、積み上げられた書類の数字の羅列だとか供述書だとか、とにかくそういうものに囲まれて一息つきたくてたまらなかった。

なんだかんだいって、動物バカの津堂に負けず劣らず岐ノ瀬も仕事バカなわけだが、その自覚もないまま、岐ノ瀬は嬉々《きき》として係長の机にあった見知らぬ帳簿をめくりながら語る。

「それも、少し出かけます、とかいう張り紙じゃなくて、何時までには帰ります、どの辺にいます、なんてことまで細かく書いてるんです。いつ急患抱えた客が来るかわからないからって」

「マメな話だなあ。つっても、確かに防犯上は問題だ。そんなこと書いてたら、空き巣が狙い放題じゃないか」

係長の同意に岐ノ瀬は満足げにうなずいた。

いつもより長く外出してしまった、といって足早に帰った朝の散歩。ようやく病院に到着した岐ノ瀬は、津堂が出かけに入り口に貼っていたものの正体を初めて知ったのだ。

――現在外出中です。七時から在院しております。津堂動物病院院長。

最初の津堂病院襲撃の仔細《しさい》を聞いているとき、津堂の不在をうまく狙った犯行だなと思っていたが、とんだ落とし穴もあったものだ。親切な不在報告は、客にとってはありがたいだろうが、悪人にとっても別の意味でありがたいだろう。

「一警察官として指導しがいがありそうじゃないか」

「ところがあのドクター、とんだ仕事バカでしてね。生き物相手の商売だから、いざというときの急患のために、できることはしておきたいっていって譲らないんですよ。客が来て自分が不在だったら、いつ帰ってくるかわからないから遠い病院に行ってしまうかもしれない。そういうタイムロスが嫌なんですって」

「そういえば、昨日取り調べにつきあってもらったときもそわそわしてたな。患者が急変したらどうしようだの、近所の犬猫元気かな、だの」

「問題のないときでも常に不測の事態に備える。ちょっと、俺たち警察官と通じるところはありますよね」

帳簿の数字の羅列を、粗さがしするように目で追っていたものの、係長の返事がないので岐ノ瀬は顔をあげた、とたんに、怪訝《けげん》な表情の係長と目があう。

「何か?」

「なんだお前、わずか一日で随分懐いたじゃないか。よっぽど津堂院長は気難しい犬の扱いが上手《うま》いんだな」

失礼な。と思いながらも、確かに妙にほだされているようなことを言った気がして、岐ノ瀬は帳簿を閉じると係長に向き直った。

「気難しい犬の報告、いります?」

「いる。是非わんわん鳴いてくれ」

「今のところ、津堂病院の周辺に不審な人物は現れていません。軽く、津堂病院の犬舎侵入事件をネタに近隣住民に聞き込みしてみたんですが、特に情報はありませんでした……」

岐ノ瀬の報告は主に美野のプライベートばかりで、別段怪しい話は出てこなかったが、大々的に捜査できる相手ではなかったせいか、係長の食いつきもいい。美野が、津堂だけではなく他にも、公園散歩などで出会ったペット仲間をたびたび自宅に招待していた、という話になると、うんざりしたように眉をひそめられたが。

「つまりあれか、美野は九官鳥が新しい言葉覚えるたびに、知り合い招待して食事会開いてたってわけか」

「相当な、子煩悩ならぬペット煩悩だったようですよ。津堂院長のこともかなり信頼しているようで、鍵を預けているほどでしたから」

「鍵?」

係長がぎょっとするのも無理のない話だった。

広い美野家の正門はガレージだけ独立しており、別の鍵がついていた。その鍵を、津堂は預かっていたのだ。当然、ガレージ以外は家にも庭にも侵入できないそうだが。

美野は急な出張も多く、帰れない日が続くことも珍しくはなかったが、そのたびに「ジェシカを保護してくれ」といって、津堂に連絡していたらしい。外出中、ジェシカのケージや餌のセットなどをガレージに置いておいて、津堂に助けを求めれば、すぐにジェシカは温かい津堂動物病院に保護してもらえるという好待遇。

「津堂院長は、なんで美野にそこまでしてやるのかね」

「美野のためではなく、ジェシカのためだそうです。寂しがりの鳥だから、一晩もほっとくと可哀想だろうといって。同じ調子で、近所の犬なんか飼い主が一時間買い物に出かけるだけでも預かってましたよ。もちろん有料です」

「へええ……過保護なんだか、ペットにはいい話なんだか俺にはわからんよ……ま、それにしてもお前、バカンスどころかよく働いてるじゃねえか。その様子じゃ、案外お前のほうが美野の尻尾捕まえるには近い場所にいるかもな」

「だといいんですけど。でも美野の本性がわからなくなりました。九官鳥への態度から見て、とても悪人には思えないと津堂院長が……」

「お、おいおい冗談だろ……どんだけほだされてんだよお前さん」

「……ほだされてなんかいません」

むすっとして岐ノ瀬は答えたが、顔はあっという間に火照《ほて》り、熱を帯びた。

係長の言うとおりだ、自分は何を言っているのか。

「俺がほだされちゃ困るのなら、現場に戻してくださいよ係長」

津堂動物病院への気持ちは和らいだものの、岐ノ瀬の現場への意欲はますます昂《たかま》っていた。

津堂を見ていると、仕事への意欲が煽《あお》られるのだ。

そんな岐ノ瀬の血気を見て、係長はそっとタバコを差し出してきた。

「ま、今後の報告次第ではそれもありかもしれねえな。そのうちお前さんが『美野はペットに優しかったから無実です』とか言い出したらさすがに呼び戻してやるよ。その代わり、甘くなった能力を徹底的に再教育だ」

「だ、誰がそんなふぬけたこと言うもんですか！」

反駁しながらも、岐ノ瀬は係長のタバコを手にとった。

顔がいっそう熱くなるのは、自分の甘さを指摘されたこともあるが、再教育だなんて係長が言うからだ。

まだ刑事になりたての数年前、厳しく係長に指導されたことを思い出す。それなのに、津堂病院の一件以来情けないところしか見せていない気がする。

どうしてかこんなときに、黒い柴犬の得意顔がぱっと頭に浮かんだ。あの、犬にしてはおしゃまでしっかりものなモモなら、津堂に再教育せねばと心配されることもあるまいに。

「……いや、犬と比べてどうするよ」

「は？」

「なんでもないです。タバコ、いただきます」

「喫煙所行こうぜ。仕事の話は終わりだ。愚痴聞いてやるよ」

「係長が愚痴聞いてくれるときって、三倍の愚痴が返ってくるからなあ……」

ぶつぶつと文句を言うふりをしながら、しかし岐ノ瀬は自覚していた。きっと今、自分にモモのような尻尾があったら嬉しそうに揺れている。

ふと、鼻歌まで歌い出しそうになったところで、岐ノ瀬は自分の中に浮かんだ曲調が朝聞いたばかりのものだと気づいた。

「そういえば係長、昔こんな曲はやりませんでしたか。タイトル思い出せないんですけど、ほら、俳優のあいつと結婚した人の歌ってた……」

さっぱりわかんねえよ。と頭をかいた係長に、岐ノ瀬は一瞬押し黙った。

カラオケ大会じゃあるまいし、こんな場所で係長相手にハミングだなんて恥ずかしい。しかし、今朝、ジェシカの歌に耳を傾けていた津堂の横顔を思い出すと、どうしてか彼になんの歌だったか教えてやりたくなる。

丁度、津堂の病院に行くまでにCDショップだってあるのだ。うまく行けば品物が手に入るかもしれない。本物の曲と一緒にジェシカを歌わせたりなんかしたら、津堂の奴、喜ぶんじゃないか？　なんて、少し浮かれすぎだろうか。

「えーっとですね……ふんふーん、ふふふんふーんっていう……」

「……」

「何も肩揺らして笑うことないでしょう！」

真っ赤になって抗議するはめになった岐ノ瀬はしかし、その甲斐あってジェシカの歌声の正体を手にいれることができたのだった。

モモがご機嫌斜めだ。

署から寄り道を経て津堂動物病院に戻ったのは、病院受付が夕日のオレンジ色に染まる頃だった。代わりに監視してくれていた先輩刑事は「息抜きできたみたいだな」と笑って岐ノ瀬と交代してくれたが、そんな先輩からの報告によると、津堂は一時間ほど前に出かけてしまったらしい。

確かに、出かける予定が今回も病院入り口に掲げられていたが、その帰宅時間はどことなく曖昧な指定で、津堂らしくなかった。ほんの数日一緒に過ごしただけの男を「らしくない」というのもおかしな話だが、気になってしまう。

そして、室内に足を踏み入れてすぐの、モモの御不満顔である。

らしくもなく、岐ノ瀬はうろたえた。

「な、なんだよモモ。何拗ねてんだお前。津堂に散歩置いていかれたのか？」

「散歩は、帰ってきてからまた連れていってくれるそうです」

冷静に答えながらも、ぎらりと牙《きば》をむく口元は、なんだか自分への悪意に満ちている気がして、岐ノ瀬は落ち着かなくなる。

「あなたのせいですよ。あなたが来てから、ドクターは出かけてばっかりです。もう時計の長い針が一周したのに、まだ帰ってこないなんて」

受付の床に寝そべりモモがうなると、ソファーの上にいたジェシカも鳴いた。

むっとして岐ノ瀬は、手にしていたポリ袋を握り締める。せっかくお土産を買ってきてやったというのに、ひどい八つ当たりだ。

「なんでそれが俺のせいになるんだよ。だいたい、いい年した男が小一時間出かけたくらいでがたがた言うなんて、女々しいぞ」

「めめしい」

「ひよわな女みたいだって話……あれ、お前雌か？」

「雄ですよ！　ひよわな雌ってあれでしょう、三国さんところのありさちゃんみたいな奴でしょう。ごめんですからね！」

「誰だよ三国さんとこのありさちゃんて」

よほど彼のプライドを傷つけたのかなんなのか、モモは四足で立ち上がると毅然と吠え立てた。

「寂しそうに鳴いて甘えては、私よりいっぱいドクターに頭撫でてもらうあの女です！」

「だから知らないって。っていうか、そう思うならお前も寂しそうに鳴いて甘えてみたらいいじゃないか」

「できたら苦労しませんよ！」

モモの声に、病院の奥がざわついたのを気配で感じる。

なんだなんだ、という犬の声まで聞こえてきて、岐ノ瀬は慌ててモモをなだめようとしたそのときだった。病院のガラス扉が勢いよく開け放たれたかと思うと、待ちに待った人影が入ってくる。

「ドクター！」

モモが、待ちわびたように尻尾を振ると津堂に向かって駆け出した。

しかし、その足が主にたどり着く前にぴたりと止まる。

「よおモモ。悪かったな長いこと留守番させて。岐ノ瀬も帰ってたのか。ご苦労さん」

「ああ、お帰りドクター。あんたこそどこに……っていうか、なんだその大荷物」

モモが津堂のもとに飛び込めなかったのも道理で、病院に戻ってきた津堂は、ゴミ袋二つ分はある大きな荷物を手にしていた。よっこいせ、といってそれらを地べたに置くと、モモはうろうろと津堂の周囲をさまようしかなくなってしまう。

さすがに、さっきまでのらしくない剣幕を思い出すとモモが可哀想になって、岐ノ瀬は背後から彼を抱えあげると津堂の傍に寄り添ってやった。

とたんに嬉しげにモモが津堂の顎のあたりを舐《な》めるが、その愛情表現を受け止めながらも、津堂は驚いた様子だった。

「岐ノ瀬、あんた本当に犬嫌いなのか？　前から思ってたんだが、犬の相手が手馴れてるよな。世話したことのないやつは、小型犬だって抱き上げられないもんだぞ」

「嫌いとは言ったが縁がないとは言ってない。実家は犬飼ってるからな。そんなことよりお前の可愛い犬なんだからお前が抱っこしてやれよ」

ことなげに言って押し付けると、津堂は素直にモモを抱きかかえた。

二人の会話の中身など気にならぬそぶりで、モモはうっとりと津堂の匂いをかいでいる。

「よかったなモモ。津堂が帰ってきて」

「ふん、余計なお世話です。でも、抱っこありがとうございます」

可愛げのないやりとりを知るはずもなく、津堂が不満げに呟《つぶや》いた。

「なんだなんだ、お前らばかり仲良くなって……」

岐ノ瀬とモモの関係に津堂が拗ねるだなんて、なんだかおかしくて岐ノ瀬は笑ってしまった。

「仲良くなんかないよ。それよりなんだこれ。しばらく休診する割に、でかい買い物だな」

「仕事で使うわけじゃない。布団だよ、布団」

「布団？」

「ああ、岐ノ瀬用の布団だ」

ことなげに言って、津堂はモモを抱いたまま片手で軽く袋の口を開いて見せた。

覗きこむと、確かに真新しい布団が、専用の袋に入って出番を待っている。

岐ノ瀬用。の言葉の意味を反芻しながら、ふと岐ノ瀬はすぐ傍らのソファーで目を覚ました今朝のことを思い出した。

「俺用って、あんたまさか、俺が動物の毛がついた布団は嫌だとか言ったから買ってきたってのか？」

「ああ。これで二階でゆっくり眠れるだろう。ちゃんと敷布団も買ったぞ」

「バカッ、俺はほんの数日寝泊りするだけだぞ？　飯奢《おご》るどころか、布団まで買ってやってどうすんだよお人好しっ。ああもう、羽毛だし布団屋の袋だし……いくらしたんだ」

「カードだ」

「いや、カードでも値段は表示されんだろ……」

まったく何やってんだよお前は。と言いながらも、岐ノ瀬はほんの少し、喜んでる自分がいることに気づき驚いていた。

これで今夜はゆっくり眠れる。といったようなことではなく、津堂が岐ノ瀬の言う「動物の毛のついた布団で寝たくない」と言った言葉を真剣に受け止めてくれていたことにだ。

「岐ノ瀬、動物にはその動物にあった寝床がある。人間の寝床は、ふかふかが一番だぞ」

「……け、結局そういう話になるんだなあドクターは」

呆れてしまったのに、岐ノ瀬の頬は勝手に緩んだ。

津堂には、調子を狂わされてばかりだ。最初は腹が立っていたが、どうしてかもう、そんなに苛々することはなくなっていた。

　ぎゅっと、津堂にしがみつくモモの気持ちが伝染したのだろうか。

　津堂のありのままの優しさを受け止めるのは心地よい。少しばかり不器用だが、その不器用さは岐ノ瀬には温かく感じられた
「わかった。この布団で寝てやるから、俺に買わせろ。いくらだった」

「……」

　ポケットから財布を取り出しながら、せめて店で一番安い布団を選んでくれてますように、なんて祈る。そんな岐ノ瀬に、津堂は寂しそうに眉を下げるとモモに顎を舐められながら答えた。

「俺が買いたかったんだが、それじゃ駄目か？　賄賂《わいろ》とかになんのか？」

　財布を手にしたまま、岐ノ瀬はぽかんと津堂を見上げる。気づけば受付に差し込むオレンジ色は濃くなり、津堂の彫りの深い顔立ちにくっきりとした陰影をつけていた。よく見るとぱっちりと開いた目はあどけなくて、夕日に金色に光っていて犬のようだ。

　格好いい男だなとしみじみ思う。それが容姿のことなのか、それとも中身のことなのか、もう自分でもわからなくなりながら。

　俺が買いたかった。その言葉をしばらく反芻したあと、岐ノ瀬は静かに、取り出したばかりの財布をポケットに仕舞った。とたんに、津堂に笑顔が戻る。

「使ってくれるのか。よかった、今日はぐっすり眠れるな」

「そうだな。俺の自宅のせんべい布団よりよほど立派だよ……ありがとうドクター」

得意ではない礼を言ってから、岐ノ瀬はなんだか恥ずかしくなってうつむいた。安い買い物ではない。そのうちまたなんらかの形で借りを返さねばならないとは思うが、今は津堂の好意をまるごと受け止めてやりたい。それに、岐ノ瀬にもとっておきのプレゼントがあるのだ。

財布を仕舞い、岐ノ瀬は、ずっと手にしていた小さなポリ袋を取り出すと、布団代の代わりに津堂にかかげて見せる。

「あー、お返しってわけでもないがドクター、俺からも土産だ。あんたとモモにな」

モモに。という言葉に、モモはピンと耳を立てたが、そこはさすがというべきか、お行儀よく津堂が袋の中身を取り出すのをじっと待っていた。

岐ノ瀬からの土産は犬用のおやつと、そして一枚のCDだった。

英字のタイトルが春の花と一緒にあしらわれた数年前のメジャーシングルは、何を隠そうジェシカが朝歌っていた曲だ。

係長のおかげで発覚したタイトルを元に、CDショップでさんざん探し回ってしまったが、無事手に入れることができた。

これを見れば、津堂はどんな顔をするだろう。ちょっとばかり、わくわくしてしまう。

「ジェシカが歌ってる曲の原曲だよ。ほら、サビの部分が特徴的だろう、だからそれを頼りに探してみたんだが……」

抱いたままのモモが、ささみのお菓子の袋に釘付《くぎづ》けなのを余所に、津堂は受け取ったCDをまじまじと見つめるとふいに首をかしげた。そんな仕草さえ、そろそろ可愛げがあるように思えていたのも束の間、ようやく口を開いた津堂の言葉に、岐ノ瀬の浮かれた心地はさっと冷えるはめになった。

「へえ原曲はこんなタイトルなのか。綺麗なもんだな。でも、歌はジェシカので十分だ。綺麗だもんな、あいつの歌。安心しろ、CDなんてなくても、明日の朝もあんたにあいつの歌を聞かせてやるからさ」

にやりと色気のある笑みを浮かべた津堂のその表情が、別に人を馬鹿にしているわけでも嫌味でもなんでもないと、今はもう知ってしまっている。しかしそれでも、どこまでも空気の読めない男に岐ノ瀬はさっきまで感動していたことさえ悔しくなって真っ赤になってCDをひったくった。

そもそも、何を自分は、こんな変人にプレゼントなんて探しているのだろう。そんな自問自答が今さらのようにこみ上げ、係長の前でハミングなんて歌ってしまった羞恥《しゅうち》までもがまたぶり返してきた。

「あーはいはい明日の朝も楽しみだ！　ジェシカのおかげでCDいらないしな、まったくその通りだ！　っていうかなんで俺お前にCD買ってきたんだよ馬鹿じゃねえのっ！」

「ハゲ」

「そうですよ俺の思考回路はハゲですよ！　ジェシカお前すげえなよくわかってる！」

羞恥を煽られ、岐ノ瀬はＣＤを手にしたまま、ついでに布団の袋も一つ担いで津堂の前から逃げ出した。みしみしと階段を踏む音をたてながら二階に向かう岐ノ瀬の背中に、津堂の「な、なんだなんだ、俺なんか変なこと言ったか？」と焦った声が追いかけてくるが、指摘されるとなおさら恥ずかしい。

変なのは津堂ではない。自分のほうだ。

あんな動物バカのささいな話題に、うっかりＣＤなんて選んでやって買ってくるなんてどうかしている。これじゃあまるで気があるみたいじゃないか。そんなはずはないのに。

その夜は散々だった。津堂と一緒にいると羞恥が蘇えるばかりなのに、津堂は「何を怒ってるんだ」とまとわりついてくる。仕方なく早々に寝ることにしたが、悔しいことに津堂の買ってくれた布団はとても温かくて、津堂にほだされている自覚にもだえ転げる自分の心を、優しく包んでくれるのだった。

「……なんだ。夕べＣＤと一緒に厄でもついてきたのか」

朝一番。心地よい布団の中で目覚めた岐ノ瀬は、自分の現状を確認してから絶望的なため息をついた。

せっかく、ふかふかの真新しい布団で眠ることができたのに、昔の飼い犬が体だけ人の形になり、柔道をして寝技をかけてくる夢を見て目覚めてしまった。だが、そんな夢を見るのも当然だった。

目を開けてみれば、体が動かない。見れば、布団の中に一緒になってもぐりこんでいる津堂が、岐ノ瀬に抱きついていたのだ。下着のシャツとスラックスだけの岐ノ瀬の体に、津堂の体温は高すぎる。

夕べもその前の日も、津堂は遅くまで起きていた。二階の奥の部屋が書斎になっていて、しきりに書物やパソコンと向き合っている。おやすみ、と儀礼的に声をかけても気づかないほど夢中になっていたのだが、それがなぜ、岐ノ瀬の布団の中にいるのか。

「おい」

低い声でうなって肩を叩いてやるが、津堂はまだ夢の中にいるようだ。

顔が近い。穏やかな寝息を立てる面貌は、目を瞑《つむ》っているとその睫《まつげ》の長さが際立って見える。眺めていると、どうしてか心臓がざわつく。朝から驚かされたせいだろう、と自分に言い聞かせみじろぐと、骨盤のあたりに、妙に存在感のあるものがあたっていることに気づいた。こいつでも朝勃ちするんだなあ、と自覚すると、津堂が日ごろ浮世離れした雰囲気でいるせいか、人間味ある発見に感動さえ覚える。

――モテるだろうなあ。こんな変な奴じゃなかったら。

優しいけど頓珍漢だし、動物の気持ちには聡《さと》いが、人の気持ちには疎い。

この容姿が宝の持ち腐れに見えてくる。

モモはああ言っていたが、本当に女に逃げられているのだろうか。誰かつきあっている人とか、いないのかな。そんな匂いは感じられないが……どちらにせよ同性は恋愛対象ではないんだろうか。寝ぼけているせいか、そんなことばかり頭の中を駆け巡る。

きっと、津堂の買ってくれた布団が温かすぎるせいだ。その上、目覚めてすぐにこんなに近くに体温があったら、津堂のことで頭がいっぱいになるのも仕方がない。

ふいに背後に気配を感じて岐ノ瀬は視線をめぐらせた。

二階に上がってすぐの和室。座卓を隅に寄せて敷かせてもらった布団のヘリにモモがいた。

昨日の留守番のときより輪をかけてご機嫌斜めに見える……。

「おう、おはようモモ」

「……そこ、私の場所なんですけど」

「は？　ああ、ここお前の寝る場所だったか？」

「違います。なんであなたがドクターと一緒に寝てるんです。ずるいですよ」

はあ？　と岐ノ瀬が寝ぼけ眼をこすると、モモの吠える声に誘われたのか、ようやく津堂が起きだした。あくびをしながら、ごそごそと蠢《うごめ》いてふと呟く。

「あれ……？　誰だこれ、モモじゃない……？」

「なんで朝っぱらからお前らの板ばさみにならなきゃならないんだ俺は……」

岐ノ瀬の中から、今までの甘ったるい気持ちが引き潮のように遠ざかっていった。忘れるところだった、女がいるかなんてささいな話だ。津堂には犬がいる。

今だって、その犬と間違えて抱きしめられてるだけだろうに、何を考えていたんだか、と自分に呆れながら、岐ノ瀬は身を起こして津堂を押しのけた。

「どけ。お前、抱きつく相手間違えただろ、ドクター。愛しのモモちゃんが、浮気現場にご立腹だぞ」

「ふあ？　あ、ああ……おお、本当だ。モモおはよう、悪いなまた適当に寝ちまって」

両手を広げてモモを迎え入れようとした津堂は、ふと何かに気づいたように慌てて膝立《ひざだ》ちになると、岐ノ瀬の布団から飛び出し、その勢いで座卓に頭をぶつけてしまった。

痛ッ。と声をあげてうずくまる姿に、ほうっておけなくて岐ノ瀬も起きだすと津堂の頭を撫でてやる。

「何やってんだドクター。あんたまだ夢の中にいるんじゃないだろうな」

「う……おかしいな、いつもの俺の生活はもっと平和なはずなんだが、あんたが来てからどうにも落ち着かないな岐ノ瀬」

「俺のせいかよ」

頭を撫でてやって損した。とばかりに、撫でていたそこをぺしりと叩くと、岐ノ瀬はすぐに布団をたたみはじめた。軽く二つに折るだけだが、そのまっさらな布団の布地を見ていて、岐ノ瀬はふと気がついた。

この布団は、岐ノ瀬が動物の毛のついた客用布団を嫌がったから買ってきてくれたものだ。もしかして、津堂が急に布団から飛び出したのは、モモを布団に入ってこさせないためではないのか。

振り返ると、モモを抱きしめながら津堂がふにゃふにゃと眠そうにあくびをしていた。

「悪いな岐ノ瀬。いつもは書斎の布団でモモを抱いて寝るんだが、たまたまトイレに立ったらあんまりあんたが気持ちよさそうに寝てたからうっかり」

「……酷いうっかりだ。あんたはそういうことを、女相手でもやりそうだから怖い」

「……」

不穏な無言に、岐ノ瀬は近くに放り出してあったワイシャツを纏《まと》いながら振り返る。

「まさか、女相手でもやるのか！」

「大学時代だぞ。女の子のほうも、私の布団においでよとか言ってくれるだろう？」

「おいおい、人がせっかく、けっこう女慣れしてなくて純粋なんだなと見直してやってたのに、やっぱり見かけ通りの遊び人かよ。さぞやいろんな布団に引く手数多《あまた》だったんだろうなあ」

「そのはずなんだが、なんでか知らないけど最後にはみんな怒るんだよなあ。イメージと違ったとかなんだとか……動物の中で、人間の女が一番難しい気がするな」

「そういうこと言うから怒らせるんじゃないのか……」

わふぅ、と、さすがのモモもフォローしようがない様子で津堂を見つめている。

ご主人様の遊び人ぶりは知らなかったらしい。

「でも、今のドクターからは女の匂いはしないな」

「ほう、さすが刑事だな。匂いと来たか」

思い切って断言すると、津堂は感心した様子でうなずいた。

その様に我知らずほっとしながら、岐ノ瀬は得意げに語る。

「匂いっつうか勘というか。確かにこういう仕事が長いと、その人間がどんな奴なのか、特徴みたいなのをかぎ分けられることはある。嘘ついてるかついてないかとかな……」

そもそも犯罪者ばかり相手にする仕事をしていると、人間というものが真正直でいることを期待することがなくなる。どんな言葉にも裏があり、どんな笑顔にも疑惑を覚えることもある。

岐ノ瀬は嘘を暴く側にいるわけだが、しかしその性根は嘘というものにどっぷり漬かっているかもしれない。

誰も彼も、小さなことから大きなことまで、どこかで嘘をつく……。

そのことで、人間への不信感を抱くほど初心《うぶ》ではないが、しかし猜疑心《さいぎしん》ばかりが暴走することもある。

そんな中、津堂だけは嘘をつかないと思いはじめている自分がいた。

信用しすぎだろうか。しかし、出会いがしらからからかわれているのかと思っていた態度もなにもかもすべて、結局のところ津堂のありのままの姿だった。

ふと悪戯《いたずら》心が湧いて、岐ノ瀬は津堂の顔をのぞきこんだ。

「ドクター。俺に抱きついた寝心地はどうだった？」

「ああ、良かったよ。あんたいい体してるな、なんかムラムラした」

「っ……ははは、やっぱ正直な奴だなドクターは。犬猫みたいに正直だ」

つい岐ノ瀬は笑い出してしまった。しかし、岐ノ瀬の言葉をどう受けとったのか、津堂はむっとして言い募ってくる。

「別に誰にでもムラムラするわけじゃないぞ。性行為ってのは、生殖のためだけじゃなくてコミュニケーションツールでもあるんだ。興味のある相手にムラムラしたりドキドキするのは、おかしなことじゃない」

「へえへえそうですか。動物のお医者様のおっしゃることはけっこう都合がいいもんだな。っていうか、その理論でいくなら、ドクターは俺に興味があるわけか」

まだ収まらぬ笑いに肩を揺らしながら、岐ノ瀬は津堂を横目に見やり、ネクタイも身につけはじめる。揺れるネクタイの先端を、追いかけたそうにモモが見つめていた。一方津堂は岐ノ瀬に詰め寄ってくるものだから、お互いの鼻先が触れ合いそうになる。

「自分のパーソナルスペースにいる生き物に興味を抱くのは当然だろう？」

やはり距離が近すぎる。赤面しそうな自分にうろたえながら、岐ノ瀬は顔を背けた。

「ふふふ」

「おい、なんで笑うんだ」

「いや。ドクターはさぞやモテにモテて、同じ数だけフラれて来たんだろうなと思ってさ」

「な、なんでわかるんだ。それもあれか、刑事の嗅覚《きゅうかく》って奴か。ちょっとした進化じゃないのかその嗅覚は……」

愕然《がくぜん》とした津堂に、岐ノ瀬はなおも笑わされるはめになったが、しかしざわつく胸のうちはなかなか静まりそうにない。そうか、男相手でもムラムラするのか。そんなことを反芻しながら、賑やかな朝は過ぎていくのだった。

今でも、子供の頃飼っていた犬の姿は簡単に思い起こすことができる。

雑種の、目のつぶらな、耳のしょんぼりと垂れた甘えた大型犬だった。尻尾の振り方も、力いっぱい走るときの伸びやかな肢体もすべて鮮明に覚えている。

あの、声も。

正直なところ、我が家のペット、カシスが岐ノ瀬は嫌いだった。

黒い目も甘えた態度もゆらゆらと揺れる尻尾も可愛い。ふかふかの毛並みを撫でると妙に幸せな気分になれる。

そんなことは百も承知だったが、それでも岐ノ瀬にとってカシスは「ライバル」にほかならなかったのだ。

大家族のお兄ちゃん。弟妹の面倒もよく見てあげる岐ノ瀬は、いわゆる「放っておいても安心な真面目な子」だった。だからだろうか、褒めてもらえることはよくあったが、甘やかしてもらえることはあまりなかった。

むしろ、岐ノ瀬家で一番甘やかしてもらえているのは、当然ペットだ。

母の手伝いを目一杯して褒めてもらえる自分と、ただいるだけで頭まで撫でてもらえる犬。

どんなに弟妹の面倒を見たって、弟妹はお小言の多いお兄ちゃんより、一緒になって遊んでくれる犬にばかり懐く。

祖父母も父もそんな調子で、岐ノ瀬はずっと犬のカシス相手に深い嫉妬を抱いていたのだ。

それでも、カシスのほうは岐ノ瀬をよく構ってくれた。というよりもとても甘えてくる犬だった。毎晩、岐ノ瀬のベッドに潜りこんできて寝こけるほどに。

そんなささやかな関係が壊れたのは、ある雨の日のことだった。

当時十歳だった岐ノ瀬は一人で家で留守番をしていた。

弟妹の保育園でお遊戯会があり、両親はそちらに出かけていたのだ。真太郎もおいで。今から思えば、子供一人家に残していくのが心配だったのだろう、母は確かにそう言ってくれた。けれども岐ノ瀬は行かなかった。

自分が行けばカシスが一人ぼっちで留守番するはめになる。それが可哀想に思えたのだ。嫌いだなんていいながら、結局のところ岐ノ瀬はあの甘えたでふかふかで、目のくりくりとした末っ子みたいな犬を、放っておけたことなど一度もなかった。

最初こそ、誰もいない家で好き放題過ごそうと思ったものの、一人ぼっちの時間は思っていた以上につまらない上に、長い。

弟妹にとられていたゲームもやりつくし、大型犬と室内で遊べることもさしてなく、雨の音に誘われるようにしてうつらうつらとしていた昼下がり。

雨足は強くなり、厚い雲が垂れ込めているせいか、もう夕方のように室内は暗かったのを覚えている。

いつの間にかカシスを枕にして寝てしまっていた岐ノ瀬は、きゅんきゅんというささやかなカシスの鳴き声で目を覚ました。そして、そのとたん、妙な気配に襲われた。

部屋の中はどこまでも静かで、外からは雨の音が続いているが、そのくせ他人の気配を感じたのだ。

恐怖に駆られ、けれどもみんなが帰ってきたのかもしれないと思うと我慢ができず、岐ノ瀬はそっと、一度だけ物音の聞こえた両親の寝室に向かった。半開きの扉の向こうは真っ暗で、そのくせがさがさと音が聞こえている。

一瞬鳴った雷の明るさの中、はっきりと岐ノ瀬は、クローゼットに四つん這《ば》いになって頭を突っ込んでいる不審者の姿を見つけてしまったのだ。

そのあとはもう無我夢中だった。子供だったから、咄嗟《とっさ》に「なんとかしないと殺される」なんてことばかり考えてしまい、岐ノ瀬は思い切りその四つん這い男の尻に体当たりすると、クローゼットの扉を閉めたのだ。幸い、子供が悪戯で中を探るから、という理由で、両親の貴重品が入っているそのクローゼットには鍵がついていた。急いでその鍵を回し、無我夢中で椅子や、鏡台を蹴倒してクローゼットの前に積み上げる。

不審者が、中からクローゼットを叩く音に恐怖が煽られ、岐ノ瀬はカシスが自分に飛びついてくるまで、家中のものをかき集めてはクローゼット前に積み上げていた。

カシスは相変わらずきゅんきゅんと鳴いていた。

重たいよ、どけよ。まだまだ物置かないと、あいつが出てきちゃう。

そう、不安に駆られて言ったが、カシスは岐ノ瀬に抱きつく力を緩めてはくれなかった。その恐怖に、クローゼットの中から聞こえる老人らしき罵声《ばせい》が絡み合い、岐ノ瀬は耐えきれなくなってカシスを抱きしめてしまった。このままだと、カシスまで殺されてしまうような気がして、守ってやれるのは自分だけだと思ったのだ。

一人で過ごす時間よりもずっと、見知らぬ男を閉じ込めたまま過ごす時間は長かった。もう何時間も経《た》っているような気がして、このまま一生父母は帰ってこないのではと何度も思った。それでもずっと、カシスを抱きしめる腕を緩めることなく岐ノ瀬はクローゼットを睨み続けていた。

カシスが耐えきれずにお漏《も》らしをしても、微動だにせず。

きゅんきゅんと鳴く犬の怯えた声が、突然大きく吠えた頃には、気づけば雨音は聞こえなくなっていた。そのかわりのように、部屋には夕焼けの美しい彩りが差し込んでいた。

そしてついに、玄関から「ただいま」という声が聞こえてきたのだ。

つい安心感から岐ノ瀬は腰を抜かしてしまい、その腕の中をすり抜けるようにして、カシスは家族のもとへと駆け出していった。しきりに吠える犬の様子がおかしいと気づいた父が駆けつけてくれてからは、家中ひっくり返したような大騒ぎ。無事、御年七十歳というやり手の泥棒は逮捕され、岐ノ瀬には平和が戻ってくる……はずだった。

家族が、カシスを「泥棒を捕まえた勇敢なペット」と賞賛するまでは。

『違うよ、ドロボー閉じ込めたの俺だよ』

必死で両親に岐ノ瀬は訴えたが、二人はどうしてかその話をとりあってはくれなかった。

ただ、しきりにカシスを褒めそやすのだ。

何がなんだかわからないけど、褒めてもらえて嬉しい。とばかりに、いつもよりご機嫌のカシスの愛くるしい姿を、岐ノ瀬が憎たらしく思ったのも仕方ないことだろう。

俺が守ってやったのに。俺の腕の中で、お漏らしまでしたくせに。

そう、頬を膨らませカシスに言っても、カシスは岐ノ瀬が何を怒っているのかわからないと言いたげに首をかしげるばかりだ。

翌日、カシスの餌皿の中身は豪勢だった。カシスの大好きなドッグフードと、バナナが数切れ。空き巣を捕まえたご褒美だ。

目を輝かせて、母の「待て」に応じているカシスは、食べる前からすでにだらだらとよだれをたらしている。食べていいよと言われれば、ものの数秒で食べつくすに違いない。

それに引き換え、岐ノ瀬のご飯はみんなと一緒。いつものパンと、オムレツと、ヨーグルト。バナナもジャムも、弟妹が欲しがるからすぐにあげるはめになる。

あんな癇癪《かんしゃく》を起こしたのはあとにも先にも初めてだが、岐ノ瀬は我慢できずにカシスのもとに向かうと、彼の皿にフォークを突っ込んだのだ。

母も、カシスもびっくりしていた。

それでもかまわず、自分がもらうはずだった「ご褒美」を、岐ノ瀬はほお張った。

犬の餌なんて食べるのは初めてだし、今から思えば本当につまらないことをしたと思うが、あのときはあの餌皿の中身が、自分が食べるべきものに思えて仕方なかったのだ。

不味《まず》かった。というより、特に味がない。どろりとした固形物が舌に触れ、すぐに吐き出してしまいたくなる。それでも、意地を張って飲み込んだ岐ノ瀬に、母親が青くなって「吐きなさい」と言った。

そしてカシスは、何するんだとでも言いたいのか、吠えようとした。

けれどもそのとたん、岐ノ瀬の耳に飛び込んできたのはいつものカシスの鳴き声ではなかったのだ。

『なんで怒ってるの？　機嫌直してよ』

わふ、わふ。と口を動かしながら、カシスが喋っている。

口の中に残るドッグフードをかみ締めると、その声は一層鮮明になっていった。

『ねえ、一緒に食べていいから、機嫌直してよ』

それからのことは、よく覚えていない。ただ、カシスがそれ以来、岐ノ瀬のベッドに入ってこなくなったのは確かだ。

らしくもなく犬と大喧嘩した岐ノ瀬を、母も思うところがあったのか、あとでこっそりファミリーレストランに連れて行ってくれた。なんでも好きに注文していいわよ、といわれたが、せっかく頼んだエビフライを食べる間も、岐ノ瀬はずっとあのドッグフードの喉越しを思い出していた。

あれ以来、岐ノ瀬はずっと犬の言葉が聞こえるし、理解できる。しかし、それからというものカシスは、岐ノ瀬を避けるようになった。

『俺のこと嫌いなんでしょ？　なんだか知らないけど、ずぅっと怒ってるんでしょ？』

そういわれれば、違うと答えてやるものの、カシスは何を岐ノ瀬が怒っていたかわからないから、岐ノ瀬は怒っている人なのだ、と記憶してしまったのだ。

言葉がわかり、意思疎通できたとたん、カシスの心が遠ざかる。

もとより「カシスばっかり可愛がられて」という不満のあった岐ノ瀬とカシスの関係はそれほど良好ではなかったが、その距離が開くにつれ、一層弟妹のあたりもきつくなった。

またお兄ちゃんのせいでカシスがびくびくしてる、可哀想でしょ。

そんなことを、いつも世話してやっていたはずの弟妹に何度言われたか。

犬相手にいつまで意地を張ってるの。と母に叱られたこともあるし、父は仕事から帰ってくると真っ先にカシスに抱きつき、次いで弟妹に抱きつく人だったから、不満を打ち明ける気にはなれなかった。

なんでお前ばっかり。かつてはときおりぶつけてしまっていた言葉を、言葉が通じ合うようになったからこそ、もうカシスに直接放つこともできずに、岐ノ瀬の消化しきれない鬱屈《うっくつ》はただただ膨らむばかりだった。

一度だけ、カシスに言われたことがある。

『俺のこと嫌いじゃないなら、なんなの？　好きなの？　好きっていってくれたら、俺もう怒ってないかなって、わかるんだけど。真太郎は、なんだか難しい。せっかくおしゃべりできるのに、すごく難しい』

岐ノ瀬は好きだと言えなかった。

言いさえすれば、すべてが丸く収まると知りながら、素直になることができなかった。

本当に、好きでもあり、嫌いでもあったのだが、どちらにせよ、はっきり好きだといえない岐ノ瀬の複雑な愛情を、カシスが汲《く》み取ってくれることはもちろんなく……。

ふと、背中に温《ぬく》もりを覚えて、岐ノ瀬は懐かしい思い出の淵《ふち》から意識が浮上するのを自覚した。

どうやら、昔のことを夢に見ていたようだ。

目を瞬くと、見慣れぬ光景がぼやけてあたりに広がり、雨の音が聞こえてきた。この音と背中の温もりのせいだろうか、カシスの言葉なんて思いだしたのは。

だが、うまく起き上がることができずに、岐ノ瀬は一つうめくとみじろいだ。何かが、しっかと背中にへばりついて離れない。

「カシス？」

そんなはずはないのに、思わず名前を呼びかけると、カシスとはまるで違うお澄まし口調が返ってきた。

「起きましたか。いい加減私も怒り心頭です。これで三日連続、私のお布団とりましたね」

「あー……なんだ、モモか」

「もう知りません。今日は雨だからお散歩にもいけませんし、本当に最悪です」

ぷすぷす、鼻を鳴らして怒りながら、モモの気配が遠ざかっていく。

おい、どこいくんだよ。と揺れる尻尾を目で追うと、一度だけ立ち止まりモモはむすっとした顔で宣言した。

「こんな日は、朝からミルク飲んで寝てやります。とことん寝てやりますからね。遊んであげませんからね。覚悟してくださいよ」

大真面目に言い捨てると、ちゃかちゃかという足音が階段を下りていってしまった。本当にご立腹だが、モモを見送りながら岐ノ瀬は少し切なくなった。

モモは、今まで話をした犬の中でもことのほか頭がいい気がする。なんだかんだで話がかみ合わないのが種族の差だと思っていたが、カシスも、モモくらい話をわかってくれればもう少しうまく岐ノ瀬も語らえた気がする……。

いや、全ては自分が子供過ぎたせいだ、と考えなおし、まだ夢の余韻を味わう岐ノ瀬は、起きだす気になれないままじっと背中の存在に意識をやった。

重い。そして温かい。

また津堂は遅くまで起きていたあげく、岐ノ瀬の布団に入ってきたようだ。

初めてこうして布団に潜り込まれた日に、なんとなく笑って受け入れてしまったせいか、数日も経てばこの寝覚めも慣れてしまったが、しかし懐かしい夢を見たのは間違いなくこの体温のせいだろう。雨の音と相まって、カシスを思い出すにはとっておきのシチュエーションだった。

大きく腕を伸ばして、岐ノ瀬は自分の背中にへばりつく物体を指先でさぐった。すぐにくしゃくしゃの頭が手に触れ、それを撫でまわす。

柔らかな毛並みと、固い頭蓋骨《ずがいこつ》の感触。

日ごろ津堂は人のことを動物扱いしてくるが、こうして撫でると、津堂のほうがよほど大型犬のようだ。

「おい、ドクター。あんた本当は、俺のためじゃなくて自分のために新しい布団買ったんじゃないだろうな。毎朝あんたに抱きしめられて目を覚ます俺の気持ちにもなってみろよ」

「んんー」

特に目立った事件のないまま、津堂《つどう》病院で五日目の朝を迎えた。

日々、喧騒《けんそう》からも事件からも精神が遠ざかる日々はなんとも落ち着かないが、じわりじわりと美野《みの》の周辺について情報を集めることはできているから、よしとするべきだろうか。

のそのそと起きだした津堂が、あぐらをかいて大あくびをするのを、岐ノ瀬《きのせ》はなおも枕に頭を預けたままぼんやりと見上げていた。

「ドクター、モモがお怒りだぞ。今日はミルク飲んで、寝るそうだ。遊んでやらないからって言ってた」

「……」

津堂が不思議そうにこちらを見た。その視線にはっとなる。喋《しゃべ》りすぎた。まるで、モモと会話していたと、暴露するかのような……慌てて目を逸《そ》らし、岐ノ瀬は「みたいな感じで階段下りてったぞ」と苦し紛れの後付けをする。

「犬にミルクやっていいのか？」

「専用のを、水で薄めたやつをたまぁにな。まあ、雨の日はストレスたまるだろうし、久しぶりにはいいだろう。あいつはミルクとバナナが好きなんだ」

「雨の日は散歩しないのか？」

「よほど雨足が強くない限り夕方の散歩は連れていってやるんだが、朝は行かない。モモの肉球、ふやけやすいんだ。ジェシカの歌が聞けないのは少し残念だがな」

岐ノ瀬は寝転んだまま携帯電話を手にとる。画面に映る「日」の文字に、ようやく今日が日曜日だと思い出した。

妙な気分だ。刑事は基本土日祝日は休みだが、事件のほうは日を選んでくれないから、ここ数年日曜日でも張り込みや署に詰めていることは珍しくなかったし、何よりこの一年は昇進試験の勉強で、思えば朝からこんなにのんびりした心地でいるのは久しぶりだった。

そういう時間を、動物まみれのこんな場所で過ごすなんて。

「あー、人生何があるかわかんねえもんだなあ……」

ふわりと大きなあくびをした岐ノ瀬の隣で、津堂が立ち上がろうとした。モモの世話に行くのか。

ぼんやりそんなことを考えていたら、懐かしい夢を見たせいか悪戯《いたずら》心が湧《わ》き出した。

「なんだドクター、モモのところに行くのか？」

「ああ。怒ってるみたいだし、早く甘やかしてやろうかと……」

「いいなあモモばっかり。俺も怖い夢見たから、もうちょっとそばにいてほしいのにな」

立ち上がろうとして四つん這《ば》いになったまま、津堂はじっと岐ノ瀬を振り返って目を瞬《しばた》かせた。その顔には、困惑がありありと浮かんでいる。

いいなあカシスばっかり。つきつめれば子供の頃、岐ノ瀬はそんな嫉妬《しっと》をカシスに抱《いだ》いていたのだ。そんな懐かしい感情を思い出してしまったせいか、岐ノ瀬は津堂が振り返ってくれたことが少しばかり嬉《うれ》しかった。

しかし「冗談だよ」といって茶化すより先に、意外にも津堂は這いつくばったまま布団の中へと戻ってくるではないか。

ぎょっとして、岐ノ瀬は再び自分を抱きすくめようとした津堂を押しのけた。

背中から抱きしめられるだけならともかく、前から抱きしめられると心臓に悪い。

「お、おいおいおいおいおい。悪かったよ、冗談だよっ」

「冗談？　でも、怖い夢を見たんだろう？　確かにそういえば、うなされたな」

「う、うなされる？」

カシスの夢で？　と思い出してみたが、カシスに抱きしめられて重たすぎたことくらいしか、うなされる要素は見当たらない。あとは、弟妹に「お兄ちゃんカシスいじめないで！」とかなんとか手厳しいことを言われたことだろうか。

うっかり嫌なことをまた思い出して口をつぐんだ岐ノ瀬に、津堂は何を勘違いしたのか長い腕で優しく抱きすくめてくれた。

ふわりと、石鹸《せっけん》の匂《にお》いが鼻をくすぐる。寝る前に必ずシャワーでも浴びているのか、いつも動物にまみれて暮らしている津堂には似合わない香りで、岐ノ瀬はその違和感に新しい彼を知ってしまった気がしてドキドキした。

「どんな強い動物にも、怖いものもあれば落ち込むときもある。気にすることはない」

また動物に例えるのかよ。といつものように突っ込んでやりたいのに、あまりに津堂の体温が近すぎて、そんな余裕はどこにもなかった。

「ほ、本当に大丈夫だ津堂っ！　からかっただけだ。どうせモモのところにいくだろうから、ちょっと困らせてやろうと思っただけでだな……」

「目の前に落ち込んでる奴がいたら、放っておくわけがないだろ」

「そ、そうか？　俺が昔つきあってた奴は、俺が入院してても一度も見舞いに来ずにペット最優先だったけどなあ……」

あ、カシスどころか、さらに嫌なこと思い出しちゃった。

といって視線を泳がせた岐ノ瀬だったが、その頬《ほお》をふいに津堂の大きな手に撫《な》でられ、はっとする。少し上から覗《のぞ》き込むような津堂の瞳《ひとみ》がすぐ間近で輝いていて、岐ノ瀬だけを見つめていた。

「岐ノ瀬、あんたそんな酷《ひど》い奴とつきあってたのか？　俺だったら、一時間ごとに動物の世話と恋人の入院先、交互に駆けつけるぞ」

「うっそだあ」

そんな奴いるかよー。とまで言ってしまった岐ノ瀬に、津堂は納得いかない様子で唇をとがらせた。

「そりゃあまあ、実際、それを証明できるほど長くつきあってくれた人なんかいないが……」

しょぼくれた声音に、岐ノ瀬はうろたえた。自分の懐かしい記憶どころか、津堂の傷口まで抉《えぐ》ってしまったかもしれない。

慌てて岐ノ瀬も、津堂の背中に手をまわすと宥《なだ》めるようにぽんぽんと叩《たた》いてやる。

「あー、まあそのくらいの気概だってことだろ。いいじゃないか。俺だったら嬉しいなあそういうの。俺なんか、ガキの頃からみんな犬のほうばっかり可愛《かわい》い可愛いっていわれて放ったらかしだったし」

「ガキの頃から恋人がいるのか。マセてたんだな」

「違う。それはあれだ、うちの飼い犬の話だ」

一瞬、津堂は目を瞬くと呟《つぶや》くように言った。

「カシスか?」

「えっ?」

「寝言で、聞こえたもんだから。旨《うま》そうな名前だな。うちのモモと、果物繋《つな》がりだ」

うちのモモ。と言って、モモのご機嫌斜めを思い出しただろうに、それでも津堂は布団から抜け出す様子がなかった。

もし自分が犬だったら、きっと尻尾《しっぽ》をぱたぱたと、嬉しそうに振っているだろうなと岐ノ瀬は思った。本当はずっと犬がうらやましかったのだ。

あんな姿かたちをして、ご主人様の前で、その尻尾でたっぷり感情を伝えてくる。

自分もあんな生き物だったら、きっと可愛がってもらえただろうに。けれども実際の岐ノ瀬はちっとも素直ではないし、勝気で、可愛げだってない。

そんな自分が、こうして珍しく犬より優先して優しくしてもらえることが、何か特別扱いを受けているような心地だ。

「そうだな、果物繋がりだなあ。モモと違って、けっこうドジで間抜けで、甘えたな犬だったんだぞ」

そう苦笑して、岐ノ瀬は懐かしい話を口に上らせた。

雨の音に紛れるようにして。

実際口にしてしまうと、ただのペットに嫉妬している子供の駄々ばかりで、話し終える頃には羞恥《しゅうち》に頬が熱くなるほどだ。

いつしか、津堂の目も見ていられなくなった岐ノ瀬だったが、ほんとあいつは調子のいい犬だったよ、と言い終えるか終えないかのその瞬間、何か濡《ぬ》れたものに鼻をつつかれ、ぎょっとして顔をあげた。

とたんに、目に飛び込んできたのは、ちょっとだけ舌を出した津堂の間抜けな顔だった。

「ど、ドクター？　今あんた……」

「あ、すまん……。ついくせで」

「癖ぇ？　癖って、あんた今俺の鼻舐《な》めたんだよな？　どんな癖だよいったい！」

「い、いや、せっかく頑張ったのに、褒めてもらえなくて可哀想だなと思ったらつい」

せっかく頑張った、というのが、泥棒に対峙した岐ノ瀬のことを言ってくれているのなら嬉しいが、しかしだからといって人の鼻を舐めるとはどういう了見だ。

特別扱いかと思いきや、これでは本格的に犬扱い……いや、もはや犬同士のスキンシップではないか。

「あんたは俺を犬扱いしてるのか、それともあんたが犬気分なのか、どっちなんだよまったく」

「俺が犬気分か、そうか……」

岐ノ瀬の文句に、津堂は感慨深げに呟《つぶや》くと、まったく反省していないのかなんなのか、また岐ノ瀬の顔をぺろりと舐めた。その感触に、肌がざわめく。

「なあ岐ノ瀬、素朴な疑問なんだが、あんたはカシスに嫉妬してたのか？」

図星をさされ、岐ノ瀬はむっつり眉《まゆ》をしかめた。

「話聞いてなかったのかよ。そうだよ、俺はペットに嫉妬してる大人げない生き物なんですー。ったく、恥ずかしいこと言わせるなよな」

自分でも嫌というほどわかっていることを、こうもまっすぐ言われると恥ずかしい。真っ赤になって暴言を吐いた岐ノ瀬を、津堂はなおも不思議そうに見つめてくる。

距離が近い。舐められた感触が、いつの間にか体中に広がりはじめている。

これはまずいんじゃないだろうか。そんなことをちらりと思うのに、どうしてか津堂の腕の中は居心地がよくて、岐ノ瀬はもう少しこのままでいたいような気がした。

そんな岐ノ瀬に、津堂はなおも顔を近づけてくる。今度は匂いをかぐように、彼の高い鼻先が岐ノ瀬の頬をなぞった。

「岐ノ瀬の話を聞いていて思い出したんだが、俺は、仲良くした人やつきあった人に必ず言われる言葉があるんだ。なんだと思う？」

岐ノ瀬は少し首をかしげ、ふと、自分の妬心を思い出して答えた。

「ああ、あれだろ。私と動物、どっちが大事なの、とかなんとか、そういうやつだろ」

「すごいな、あたりだ」

「だろうなあ。俺も、前彼に言ったことがある」

「彼？」

「あ、いや……」

なんと言葉を濁したものか、と一瞬慌てた岐ノ瀬だったが、しかしさして気にならなかったのか、津堂は数度頷《うなず》くと、また少し情けない声音で続けた。

「あれがなあ、俺はさっぱりわからなかったんだ。どちらか選べというのは難しい。動物は、少なくとも住宅街で自力で生きてはいけないから、人間を選んで動物を捨てるというわけにもいかないだろ？」

「おいおい、それは極端すぎるだろ。いくら俺でも、俺のためにそのペット捨てろとか思っちゃいないよ」

「ああ、それが岐ノ瀬の話でようやくわかったんだ。あれはみんな、ただの嫉妬だったんだな」

「……ドクター、まさかかけらも嫉妬に気づいてなかったとかじゃないだろうな」

「……」

まるで、慰めあう犬のように鼻をこすりつけていた津堂が、ぱっと顔をあげた。

そして、すぐ眼前で気まずそうにその黒い瞳が揺れる。頬は、ほんのりと赤く染まっていた。

それこそ、岐ノ瀬が幼い頃の嫉妬心を吐き出していたときのように。

あれと似た羞恥を、目の前の津堂も抱いているのだろうか。

「だって、人間がわざわざ嫉妬するなんて思わないじゃないか。ましてや動物相手に」

「……いや、思えよ。っていうか思ってくれたら、俺みたいな奴は大変うれしいし、それだけでちょっとは落ち着くぞ？」

「そうだったのか。そういうことに気づかないから、俺は駄目なんだな。だからみんな、俺のことなんか嫌になっちゃって離れていくんだ」

はあ、とため息をつくと、津堂は、額を岐ノ瀬の額にあわせてきた。

もし自分が犬だったら。なんて、さっき思ったが、もし津堂が犬だったら、しょげかえって耳も尻尾も力を失っていそうだ。

たまらず、またぽんぽんと岐ノ瀬は津堂の背中を叩いてやる。

「駄目ってほどでもないだろ。俺みたいに嫉妬メラメラってのも逆に大人げないし」

「岐ノ瀬は大人げなくなんかない。だいたい、犬は手柄を取られたら嫉妬するものだ。岐ノ瀬のカシスへの嫉妬は間違っちゃいないさ」

「……」

岐ノ瀬は目を瞬かせた。

また、犬扱いされた。それなのに、幼い頃からのつまらない嫉妬心が、初めて柔らかく包み込まれたような気がする。

そんな岐ノ瀬の反応に、はっとした様子で津堂は表情を崩した。

「いや、犬に例えたら岐ノ瀬は怒るんだったな。どうしよう……鳥ならいいのか？　魚は？いや、俺は魚類には詳しくはないんだが」

一応、岐ノ瀬の嫌がることは覚えてくれていたらしい。

しかし、それに気づいてもフォローできないどころか墓穴を掘っていくばかりの唇が、岐ノ瀬はひどく魅力的に思えた。

きっと、今まで「私と動物どっちが大事なの」なんて言われたときも、不器用な返事をして相手を怒らせていたに違いない。

困り果てて、言葉を選ぶ津堂を見上げるうちに、岐ノ瀬の体は自然と動いていた。

犬がするみたいに、なだめるように、舌をぺろりと出して津堂の鼻先をつついてやる。

すると、津堂はぴたりと口を閉ざして、じっと岐ノ瀬を見下ろしてきた。

そして、ゆっくりとそのよくできた顔が近づいてくる。

まるでキスでもするみたいだ。

そう思ったときにはもう、津堂の唇が、岐ノ瀬の唇に触れていた。

その感触は、不思議なことに、自分の中のぐずぐずに溶けて溜《た》まっていた長年の妬心を、つぎつぎに吸い取っていってくれるようだ。

張り合う必要のない相手に張り合ってきた記憶がゆっくりとほどけていく。

かつて、カシスのご褒美のご飯を食べたとき、突然世界が変わってしまったように、このキスもまた、深くほおばれば自分の世界が変わるような予感に煽《あお》られ、岐ノ瀬は貪《むさぼ》るようにキスを続けた。

舌先で津堂の唇をつつくと、その舌ごとぱくりと咥《くわ》えられる。お互いの、体を抱きあう腕にいっそう力が入った。

その隙《すき》にも、もう津堂の舌は岐ノ瀬の口腔《こうこう》にすべりこみ、岐ノ瀬もまた、その舌を貪るようにすする。

絡み合う粘膜の間で、犬のような短い呼気があがり、雨音に混じって消えていった。

ずるりと、津堂の舌先が岐ノ瀬の上顎《あご》をつたって喉奥へ届こうとする。ぞくぞくと肌を粟《あわ》立《だ》たせ、岐ノ瀬は背をしならせた。いつも動物らには鷹揚《おうよう》で優しいくせに、キスは支配的なのか。

今まで「動物と私、どっちが大事」なんて言った子にも？

そんな疑念が頭を掠《かす》めたとたん競争心が湧き、岐ノ瀬は負けじと津堂の口腔を嬲《なぶ》ってやった。

キスをしているのか、噛みあっているのかわからない。

そんな二人の口元から、どちらのものかわからない唾液《だえき》が数滴こぼれ、顎をつたうそれを追うように、津堂の唇がそっと離れると岐ノ瀬の喉を頬を這った。起き抜けでいつもより多い津堂の無精髭《ぶしょうひげ》が刺さり、そのささいな痛さが岐ノ瀬の肉欲をくすぐる。

「おい、ドクター……俺たち、なんでキスしてんだ？」

ようやく、まともなことを口にすると、津堂がわずかに身を起こして目をあわせてきた。

「なんだ、犬を飼ってたのに知らないのか、岐ノ瀬」

「何をだ？」

「口を舐めあうのは、信愛の証《あか》しだぞ」

それ、犬の話じゃないか。という反論を、岐ノ瀬は自ら飲みこんだ。

体も心も熱く火照《ほて》っている。津堂が本当のところどういうつもりかはわからない、ただ発情しているだけかもしれない。

しかし岐ノ瀬には、今この時間が酷く特別な時間に思えた。

津堂が、きっとモモのことも、他の動物のことも忘れて自分だけを見ているに違いないと。

我知らず、口元が笑みに歪《ゆが》む。

「そか、信愛の証しなら、問題ないか」

免罪符のような呟きは、続く津堂のキスにまた吸い取られていくのだった。

雨の早朝は、また冬に戻ってしまいそうなほど空気が冷たい。

それなのに、二人の肌にはしっとりと汗がまとわりついている。岐ノ瀬はパジャマ代わりのジャージを脱ぎ捨て、津堂はというとシャツを着たままだが、薄手の布地は汗に透け、ぴたりと彼の肌に張り付いていた。

しかし、高まる一方の興奮に反して、岐ノ瀬はこの数分で胸中何度も舌打ちを繰り返している。

「う、ぁっ……お、前な……っ」

「なんだ、気持ちよくなかったか？」

寝そべる岐ノ瀬の胸の上に、ちょうど津堂の頭はあった。大きな手が慈しむように岐ノ瀬の胴囲を包み込んでいて、その唇はへそから胸元へと、ゆっくり肌をたどる。その、形のよい頭に手をおき、耳朶《みみたぶ》のうしろをくすぐってやりながらも、岐ノ瀬は自分ばかりが煽られているような気がして落ち着かなくなっていたのだ。

慣れてないかこいつ。

そんな悪態を飲み込む間にも、津堂の唇が、無精髭といっしょになって岐ノ瀬の肌を震わせていく。このままではどちらがイニシアチブをとるかさえわからなくなってしまいそうだ。

いや、すでにもう押されている気もするが。

しかし、別段抵抗する気にもなれず、それどころか胴から尻《しり》へと津堂の手も移動しはじめたことに、くすぐったい期待を覚えてしまう。あの動物バカの津堂が自分相手に興奮している。その事実が、津堂の貪りついてくるような愛撫《あいぶ》に表れているようで、世界中のどんな生き物よりも自分が特別扱いされているような心地だ。

津堂の大きな手が、汗に濡れる肌をなぞり太ももに降りてきて、同時に、唇のほうは、じりじりと胸の突起のまわりをついばむ。

乳首に、触れそうで触れない無精髭の存在感に、薄い膜につつまれたように快感が奥深くでぐずついた。けれども、胸のそこに触れられたら最後、それこそもっと翻弄《ほんろう》されて好きなようにされてしまう予感もある。

きゅ、と津堂の耳を引っ張ると、彼が顔をあげた。

胸元にあるその顔は、興奮に瞳が濡れている。

「ドクター、あんた、慣れてないか」

「よく言われるが、わけがわからんな。セックスってのは本能の世界だ。慣れてるもくそもない」

「そ、そういうことじゃなくて、連れ込んでるのは女ばっかりじゃなかったのかよって話だ」

「……」

津堂は一度首をかしげると、さも不思議なことのように反駁《はんばく》した。

「岐ノ瀬、セックスはコミュニケーションツールでもある。男も女もないだろう」

食事を邪魔された犬のようなむすっとした表情で言うと、津堂はすぐにまた岐ノ瀬の胸元に嚙み付いてきた。今度はもう、焦《じ》らす余裕などないと言いたげに、まっすぐ乳頭に吸いついてくる。

「マジかよ。なんだかんだでやり手じゃねえか、詐欺だ……っ……」

「？」

びくりと、跳ねた体を柔らかな布団が受け止めてくれる。

小さな、無意味だとばかり思っていたそこは、津堂の熱い口腔に包み込まれたとたん、ぴんと張ったように硬くなった。

それなのに津堂は容赦がなく、とがりきったそれを、口に含んだまま舌先で押しつぶしてくる。

そこから薄い膜が破れて、いっきに快感が噴出したように全身に刺激が走っていった。

体だけではなく、神経まで肉欲に染まっていく。

布団に体を押し付けるようにして悶《もだ》えるが、延々と舌で押しつぶされ、転がされる小さな乳首への快感を逃すことができず、岐ノ瀬はたまらず吐息をこぼした。

「う、ぁっ……ドクタッ、そこばっかり……すんなよ、っ」

「どうした、気持ちよくないのか岐ノ瀬……？」

熱い呼気とともに尋ねられ、岐ノ瀬は答えられなかった。

嘘《うそ》はつきたくないが、気持ちいいと認めるのもなんだか癪《しゃく》だ。そんな素直でない性格が災いして、津堂は返事がないのをいいことに乳首への愛撫を深めていった。

「ぁう、ぁっ、それ、待てって、ば……っ」

そっと甘噛みされ、岐ノ瀬はたまらず腰をくねらせる。

ずくずくと、そこから走る快感が、いつの間にか体の一箇所に溜まりはじめていた。じんじんとしびれるような胸元の突起から、細い線が伸びて自分の性器に繋《つな》がっているかのようだ。

自分ばかりそんな姿であることが悔しくて、岐ノ瀬は津堂の肌に自分の指をわけもなく這わせた。

片手で津堂の頭をかきいだいたまま、その耳の後ろをくすぐる。反対の手では津堂の背中を撫でおろし、足の付け根に指を這わせた。その指先の下で津堂の肌がときおり震え、彼もまた快感の火にあぶられているのだと思うとたまらなく気分がいい。

岐ノ瀬の指先に誘われるように、津堂の指もこちらの下半身を撫でてきた。やんわりと会陰部をなぞり、陰囊《いんのう》をつついた指先が、陰茎にたどりつく。ちゅ、と乳首を吸われた拍子に、その津堂の手の中で、岐ノ瀬のものがわずかに跳ねた。

手に触れる岐ノ瀬の興奮に、津堂は満足げに吐息をこぼして顔をあげる。ようやく開放された胸元は唾液に濡れ、空気に触れるだけで、その冷たさに震えてきた。

じん、と残るささやかな快感が去るのを待つ岐ノ瀬の足を、津堂が割り開く。逡巡《しゅんじゅん》はまだあるが、視線を向けると、膝立ちになった津堂の股間に自分と同じものを見つけて息を飲む。岐ノ瀬よりよほどはっきりと欲望に濡れる津堂のものはそそり立っていて、そこまでの興奮がこれからどうなるのか、そのことのほうが興味深くなってしまった。

そんな岐ノ瀬の視線に気づかぬ様子で、津堂の手が雑多に散らかった近くの床を這う。こんな無造作に物が置かれた場所でも、どこに何があるかわかっているのか、津堂の手はしばらくすると木箱を拾い上げ、中を開けた。

「いけるかな」

そんな独り言に、何がだよ、と応じると、木箱の中から取り出したクリームを見せてくれた。去年の保湿剤なんだが……と、言って申し訳なさそうに眉をさげた津堂に、岐ノ瀬は笑いそうになるのをこらえて、そのチューブをひったくった。

そしてキャップをはずして自ら搾り出すと、チューブの口からぼたぼたと岐ノ瀬の股間に白いクリームがこぼれた。ぽってりと肌に広がり陰毛を濡らしたその液体に、津堂の視線はあからさまに吸い寄せられた。

男らしい首筋の真ん中で、喉仏《のどぼとけ》が上下に蠢《うごめ》く。

「副作用でもあるのか、この薬?」

「まさか。ただの保湿剤だ……」

言い終えるより先に、津堂は動いていた。

岐ノ瀬の足を持ち上げ、今すぐにでも一つになりたいとばかりに性急な仕草で、臀部《でんぶ》に陰茎をなすりつけてくる。しかし、手つきはどこまでも慎重で、津堂は興奮に身を染めながらも丁寧《ていねい》に岐ノ瀬の陰部にクリームをのばしていった。

肌がぬかるんでいき、とろとろに濡れた他人の指先が、岐ノ瀬の後孔に触れる。

久しぶりの感触に緊張が走る。しかし岐ノ瀬の後孔は、そんな場所がこんなにも敏感なのかと驚くほど、ひくつくひだをなぞられるたびにうずいた。

その感覚に、岐ノ瀬の腹の中は期待に震える。

そして、ついに指が一本ねじ込まれる。

「すごいな、指が飲み込まれるみたいだ」

「そんなわけ、あるか……」

慣れたような仕草に腹はたつのに、そのくせ津堂の選ぶ言葉はいつだって正直だ。ちょっと言葉でいじめてやろうなんていう色気さえない。存外、素直な言葉選びのほうが恥ずかしいのだと、初めて知って、岐ノ瀬は頬を染めてそっぽを向いた。

しかし、腹の中をまさぐる津堂の指が、緊張にわななく粘膜の一箇所をかすめたとたん、無意識に身を竦《すく》めてしまった。

「んっ……今のっ」

「気持ちいいか？」

「ん、ぅっ」

刺激に、腰から力が抜けていくような感覚が背筋を走る。

たっぷりクリームを内壁にこすりつけ、津堂の指先はなおも岐ノ瀬の中の愉悦の泉をまさぐってきた。

震える粘膜が、久しぶりの快感に戸惑っている。そのくせ、津堂の指を気に入ったように、へばりついていくのが自分でもわかった。

指が二本に増える頃にはなおさらだ。その指のしなやかな動きに、岐ノ瀬は内側からこみあげるぞくぞくとした快感に何度も唇を噛むはめになった。

肌に触れるなにもかもが甘い。このまま、もっと太くて大きなものに貫かれたら、自分の中はどうなってしまうのだろう。そう思うのと、津堂が指を抜くのは同時だった。

緊張より、期待に胸が弾む。

そんな岐ノ瀬の見守る中、津堂はたっぷりと自分のものにもクリームをまとわりつかせると、さんざん嬲りつくした後孔《こうこう》へとそれを押し付けた。

熱い。先端がそこに触れただけで、その熱量を感じて岐ノ瀬は息を飲む。

ゆっくりと、津堂が入ってきた。じりじりと押し進んでくるその質量は、さすがに痛い。

指とは比べ物にならない太さが後孔を限界まで押し広げ、そのまま内臓を押しつぶされるような圧迫感が襲ってくるのだから当然といえば当然だった。

つい、痛みに耐えるように眉をしかめた岐ノ瀬に気づいたのか、半分ほど進んだところで、津堂は動きをとめて、心配げに頬を撫でてきた。

「やっばい。ドクターの、けっこうきついな……」

はぁはぁと、興奮だけだった今までとは違う吐息で肩を揺らしながら、岐ノ瀬はじっと痛みが去るのを待った。ふと見上げると、動かぬ津堂は両手で地面をついて体を支えたままで、その体勢はお世辞にも楽そうには見えない。

「い、一回抜くか……っ？」

悪いと思いながらも、このままのしかかられても挿入が深くなるだけだと思うと、他に手が思い浮かばず岐ノ瀬は提案した。だが、津堂は困ったように笑うばかりだ。

こめかみに浮いた彼の汗が、ゆっくりと頬をつたって岐ノ瀬の上に落ちてきた。

そんな、ささやかな水滴さえも、彼と繋がる性器の一部のように思えてくる。

「岐ノ瀬、あんたの中は本当に熱いな。心も体も。例えばアヒルなんかは平熱が四十度超えるんだが、あんたはきっとそれより熱い」

「また動物ネタか。いい加減にしろよこの動物バカ……っていうか、死ぬだろ、そんなに熱かったら」

ばぁか、と言って笑うと、腹部が震えて津堂のものの形をまじまじと感じ取ってしまった。まだ痛い、それなのにそのぴったりとへばりついた粘膜の広がりを意識すると、またぞろ快感が体中に広がりはじめた。

「岐ノ瀬は、犬に嫉妬するほど人が好きなんだろうな。認められたいし愛されたい。前俺を寂しがり屋だといったが、本当に寂しがり屋なのは、あんたのほうじゃないのか？」

「……う、ぁっ」

言葉の意味を反芻《はんすう》しようとしたところで、ゆっくりと津堂が上体を沈めてきた。手の平ではなく、今度は肘《ひじ》をついて体をささえた津堂のものは、さっきと角度を変えて岐ノ瀬の中をえぐる。

その圧迫感にたまらず唇を噛んだが、しかし最初のときほどの痛みも苦しさもなく、そのかわり、じわじわと期待のようなものが、こすれた場所から滲《にじ》み出てきた。

津堂が、じっと岐ノ瀬の瞳を覗きこんできた。

黒い瞳が揺れている。その視界に今、動物は一匹も映っておらず、彼の思考には岐ノ瀬一人しかいないのかと思うと、静かな興奮が血流を通って体中に行き渡った。

その興奮が、繋がった場所から津堂にも移ったように、やおら彼は身を起こした。

ぐっと腰をつかまれ、陰茎がいっそう深くまで押し入ってくる。たまらず、息を飲みそうになるのをこらえ、岐ノ瀬はそっと口を開くと深く息を吸い込んだ。

右足を抱え上げられ、あられもない姿にさせられる。

だが、そんなことがどうでもいいほど、体も心も期待に震えていた。

後孔がいっぱいに広げられ、深く穿《うが》たれた肉壁がすっかり津堂の陰茎の形になじんで震えている。そして、津堂が腰を引いたとたん、ずるずると抜かれていく感触に名残《なごり》惜しげに蠕《ぜん》動《どう》した。

「う、っ……」

ゆっくり己のものを引き抜きながら、津堂は心地よさげに息を吐いている。

人の妬心のわからぬ男が、興奮だけは一人前だ。

そのことがおかしくて、快感に歪む男の顔をじっと見上げていると、ふいに腰にある津堂の指先に力がこめられた。あ、と思うと同時に、再び中が押し広げられる。

最初と違って、たっぷり広げられたそこは、すべりよく津堂の陰茎を受け止めた。

激しくこすりあげられた内壁がじんじんと愉悦に痺《しび》れたようになる。腹の奥を内側から殴られたような衝撃に、しかし岐ノ瀬は苦痛よりも侵食される興奮に染まり腰をしならせた。

ぞくぞくと、快感が繋がった場所から湧き続けている。

「ぁう、ぁっ……ドクタ……っ」

「岐ノ瀬、名前……」

「あ、ぅっ?」

「いや、なんでもない……」

かすれた津堂の声が色っぽくて、耳朶まで性器になったように震えてしまう。

くっそ、やられっぱなしだ。と思っていたのが昔のことのように、岐ノ瀬は与えられる快感に翻弄されていた。

二度、三度とゆっくり腰を使った津堂は、岐ノ瀬がもう痛みに体を引きつらせていないことを確かめると、だんだんそのストロークを早めていく。

抜かれるたびに、岐ノ瀬の中はうねり、わななき、押し込まれるたびにすがるように吸い付いた。

とろけたクリームが二人の間であわ立ち、尻を濡らしていく。その感触にさえ感じながら、岐ノ瀬は腹に力をこめた。

「ふ、ぁっ」

ずるりと性器が抜けていく瞬間のその締め付けに、思惑通り津堂が甘くうめく。

してやったり、と思ったのも束《つか》の間、日常と変わらず、欲望にも正直なのだろう、津堂はもっとしてくれと言わんばかりに再び岐ノ瀬の中にもぐりこんでくる。

「ぁ、ぁっ、ドクタっ、それ……あっ」

先端が、奥深くに留まったまま、津堂が腰をまわした。最奥が押し広げられるような感触に、岐ノ瀬の内壁が震える。粘膜が貪欲《どんよく》に津堂のものにからみつき、その摩擦に岐ノ瀬は布

団を握り締めて震えた。

「あぅ、あっ、あっ、やばい、くるっ……っ」

「気持ちいいのか岐ノ瀬。俺も気持ちいいぞ。お前の中が……すごく俺を欲しがってくれてるな」

「そ、そういうことは、心の中に、しまっとけよ、バカっ……」

吐息交じりの声は恍惚《こうこつ》としていた。

岐ノ瀬が感じるのが嬉しくてたまらない。渋い面立ちをして、そのくせ彼の感情はやはり、どこまでも素直で一途《いちず》だ。

卑猥《ひわい》な水音を立てながら、奥を執拗《しつよう》につつかれ、岐ノ瀬の陰茎も膨らみきって腹の上で揺れている。ときおり流れる汗や、先走りの体液さえ今の岐ノ瀬には刺激になりすぎて、もうどうにかなってしまいそうだ。

耐え切れず、自分のものに触れようとするより先に、岐ノ瀬の陰茎は津堂の大きな手に包み込まれた。

硬い指先にゆっくり握りこまれ、その感触に岐ノ瀬の淫穴も今まで以上にひくつき、津堂のものを絞りあげる。体の内側から、快感が声に姿を変えてこぼれてきた。

「あぅんっ、んっ……はっ、ぁ、ドクタっ、も、いいから。動けよ、早くっ……」

「いいのか？　奥が、好きなんじゃ、ないのか……んっ」

岐ノ瀬が腰を揺らすと、後孔の奥深くで津堂のものがもみくちゃにされ、津堂もまた甘い喘《あえ》ぎをこぼす。それが可愛くて、岐ノ瀬の腰つきはいっそう淫蕩《いんとう》になっていく。

「うる、さいっ、ずっと、そんな、奥でばっかり動くなよ。頼むから……っ」

「……見かけによらず、エッチな男だな岐ノ瀬。公務員なのに」

「公務員、関係ない……、あっぁ、あっ」

津堂の感心する基準はやはりわからない。

しかし、そんなことを考えている暇はなく、津堂が岐ノ瀬の腰を掴んだまま身を起こした。のしかかっていた体勢から、膝をついて中腰のような格好になる。岐ノ瀬の臀部は、結合部を中心にしてわずかに持ち上げられたかっこうになるが、しかし不安定さはなかった。

存外、津堂の腕は力強く、そして肉体に触れる手指はどこまでも優しいのだ。

津堂を見上げながら、その、シャツの張り付いた体の美しい陰影を見ながら岐ノ瀬はしみじみと思った。同じように、興奮しきった体を、快感にゆるんだ顔を、自分も見られているのだろう。

人生で、こんなにも自分のすみからすみまで見られたことがあっただろうか。

津堂が、腰を引いた。期待に、岐ノ瀬の体中が震える。

そして再び始まった律動に、岐ノ瀬は耽溺《たんでき》した。

どうしてこんなに心地いいのだろう。どうしてこんなに、津堂の自分に対する興奮が気持ちいいのだろう。

疑念が浮かんでは、快感にかき消えていく。

「はぅ、ぁっ、あっ、ん、ぁっ」

「は、ぁっ……ふっ、岐ノ瀬……」

「ん、ぅっ……、ぅあ、も、もう……」

言うまでもなく津堂もわかっていただろう。彼の手の中で、岐ノ瀬のものは限界まで張り詰めている。硬くそそり立つ岐ノ瀬の雄を、さも大切なもののように津堂の大きな手が撫でた。同時に、深い場所まで津堂のものが入ってきて、震える亀頭が岐ノ瀬の肉壁をこすりあげる。

耐え切れず、岐ノ瀬は津堂の手の中に吐精していた。

「ふぁ、ぁっ、あっ！」

いつもとは違う、押し出すようなゆっくりとした射精の快感の長さに恐怖さえ覚える中、津堂のものが自分の中から抜けていくのを自覚して、岐ノ瀬はそっとまぶたを開いた。

生理的に浮かんだ涙に滲む視界で、抜き出た津堂の陰茎もまた耐え切れずに精を放つのが見えた。その、熱いほとばしりが岐ノ瀬の腹を、そしてとろとろと体液を吐き出す陰茎を汚していく。

自分の腹の上で、ねっとりと二人分の体液がまじりあうのを見て、不思議と快感に火照る体に充足感が広がった。

二人して、肩で息をしながら、じっと愉悦の余韻を味わう。しかし、なかなかその余韻から抜け切らない二人の間に、突然色気もへったくれもない音が響き渡った。

「ハゲ」

びくり、と、二人して肩を震わせ、声のしたほうを見る。

そして、津堂が「あちゃあ」とつぶやき、岐ノ瀬も頭を抱えた。

忘れていた。ジェシカが檻《おり》の中から、きょとんと首をかしげながらこちらを見ているではないか。

「やばい、すっかり忘れてた。ドクターどうなんだこういうのは、鳥獣学的に……」

「どうと言われても……」

いつから起きていたのだろう。まさか最初から？　そのわりに今までよく邪魔しないでいてくれたな。

悶々《もんもん》とする二人を前に、ジェシカは注目を浴びたせいか、ふわりと羽を膨らませ、また「ハゲ」とさえずるのだった。


雨の中岐ノ瀬が登庁すると、日曜日にもかかわらず職場は活気に満ちていた。

知能犯係の仲間が、新しい帳簿と名簿が手に入ったといって、休日返上で睨《にら》めっこしていたのだ。

雨のせいで津堂は病院にこもりきり。あんなに朝は興奮したものの、シャワーを浴びて汗を流すと、岐ノ瀬は急に何もかもが恥ずかしくなった。

あんな奴に興味持ったりするもんか。と高を括《くく》っていたのに気づけば何もかもに惹《ひ》かれていき、ついには肌を重ねてしまった。正直今までこんななしくずし的な体の関係を持ったことがないので自分でも驚いている。しかし、羞恥やいろんな感情が頭の中でも胸の中でもうずまいて苦しいほどなのに、どうしてか後悔の二文字だけは自分の中のどこを探してもなかった。

あのキスには、ただのその場の勢いではない、もっと優しく包み込んでくれるような温もりがあったのだ。

熱が冷めてもなお、あのキスの甘い感触だけは忘れられず、岐ノ瀬はどんな顔をして一つ屋根の下にいればいいのかわからなくなって病院を一人飛び出し、一番落ち着く職場へとやってきたのだった。

職場の空気はぴんと張り詰めていて、その空気を吸えてようやく津堂とのセックスが終わったような気になり、岐ノ瀬はいつもの自分を取り戻しはじめる。

そして捜査の進捗《しんちょく》を尋ねると、係長からは難しい表情が返ってきたのだ。

「詐欺グループの幹部連中、様子がおかしい。どうもそろそろ会社たたんでとんずらこく気でいやがるな。だが、それも美野のせいでうまくいかないみたいだが」

「どういうわけです？」

「内通者からの報告なんだが、どうも幹部連中、かなりの資金を美野に抑えられたままらしい。名簿とかノウハウだけじゃなく、資金プールしてる各金融機関の詳細データのＵＳＢメモリを、美野だけが持ってたみたいでな」

「美野は詐欺だけで前科三でしたっけ。ノウハウも相当のもんでしょうが……詐欺グループともあろうものが、金やデータを一箇所にまとめておきますかね」

考え込む岐ノ瀬に、係長は声を低くした。

「このネタには続きがあってな、岐ノ瀬。どうも美野は、そのＵＳＢメモリを、ジェシカに預けてるみてえなんだ」

「ジェシカに？」

「ああ。連中の間じゃ『ジェシカ』っていう女がいて、そいつに預けてる説と『ペットのジェシカ』説にわかれて、お互い先にそのＵＳＢメモリを手にいれようと出し抜きあいになってるようだ。津堂動物病院が狙《ねら》われたのも、その口かもしれねえな。岐ノ瀬、くれぐれもジェシカから目を離すんじゃねえぞ」

岐ノ瀬も思わず背筋を正す。

最近のんびりしすぎていた。津堂病院の中には、信用できるものしかない。打算のない、素直なものばかりの空間で少し風通しのよくなった心に、係長の発する緊張感がよどみなく染み渡っていく。

「まかせてください係長。バカンスは堪能しましたから、しっかりジェシカも病院も守ってみせますよ」

「よし、その意気だ。岐ノ瀬、こっちは新しく手に入った帳簿類だ。数字だけなら持ち出してもいいだろ。待機中目を通しておいてくれ」

わかりました。と返事をしながら、岐ノ瀬は停滞し続けていた事件の空気が、わずかに動くのを肌で感じていた。捕り物が近いかもしれない。

しかし、以前と違って岐ノ瀬の中に、焦りはなかった。津堂動物病院での張り込みも嫌ではなくなっていて、それどころか、あの、今にも詐欺グループに、証拠もなしにかみつきそうだった自分の焦りに気づき、呆《あき》れてしまう。

カシスに嫉妬していた頃と変わらない。いつだって岐ノ瀬は、誰より働いて、誰より認めてもらいたい人種なのだ。それが、昇進試験をきっかけに、無意識に強くなりすぎていたのかもしれない。

岐ノ瀬は己の唇を指で撫でた。

津堂が優しく口づけてくれたあの感触。あの分厚い舌は、いがぐりのようにとげとげして、不満ばかりあげつらっていた岐ノ瀬の中の淀《よど》みまで吸い取っていってしまったのではないか。初めて会ったときから、津堂の仕事への姿勢に感心していた。けれども素直に見習えなかったのは、自分の意固地な動物嫌いゆえだ。それが今朝の出来事で、動物への好悪などどうでもいいものになりつつある。

その足かせがなくなった今、自分は津堂にどんな感情を抱くのだろう。

俺はあいつを好きなのか、嫌いなのか……。

答えは、唇に触れれば蘇《よみがえ》る、甘い痺れのような感覚の中にあるような気がした。

津堂動物病院への帰り道。岐ノ瀬はふと商店街の窓に映る自分の姿が、いつまでも唇を撫でていることに気づいて赤面した。しかし意識してしまうとなかなか熱は収まらず、岐ノ瀬は傘をたたむと近くの店の軒下に飛び込んだ。

気持ちをなだめるように深呼吸したものの、もうじき津堂に会えるのだと思うと、どうしても今朝の濃厚な時間を思い出してしまって落ち着かない。

あれはどういう時間だったのだろう。本当に単に、そのとき発情しただけなのだろうか。それとも、津堂には思うところがあるのだろうか。岐ノ瀬としては、求められたことはとても嬉しかったし、体だけではない、心の深いところまで気持ちよかったような気がするのだが、津堂はどうだったのだろうか……。

「あー、やばい。なんだこれ恥ずかしい。初恋の少女か俺は……。任せてくださいジェシカは守りますとか言っちゃったけど、どんな顔して帰ったらいいんだよ」

泣き言を、雨音がかき消してくれる。

空を見上げると、雲はまだ深い色をして、なかなか晴れそうにない。

ふと、薄暗い色を見ていると岐ノ瀬は津堂の今朝の言葉を思い出した。

誰も彼も俺のそばから離れていくんだ。というささやきと、寂しそうな顔。

「帰り遅くなったら、あいつ気にしたりするのかな。ああ見えて、けっこう寂しがり屋っぽいんだよな。モモも、あいつは賑《にぎ》やかなほうが好きだっつってたし……」

羞恥に、心音はまだ高鳴っている。けれども、あのときの言葉を思い出すと、岐ノ瀬は急に早く帰ってやりたくなってきた。

いつまでも外出していると、岐ノ瀬まで自分から離れていったなんて不安に思うかもしれない。

「……自惚《うぬぼ》れてんなあ」

動物に嫉妬したり、情事の相手の心中を決めつけたり。

自分は馬鹿かもしれない。そう思いながら再び傘を広げようとしたとき、岐ノ瀬の視界に隣の店のワゴンが飛び込んできた。雨だからあまり商品を外に出していないのだろう、引っ込めたその棚には黄色いバナナが並んでいた。

「ただーいま」

つとめて明るい声をあげて病院に入ると、返事の代わりに、ちゃかちゃかという足音が聞こえてきた。受付からひょっこりとモモが顔をだし、むっと眉をひそめてこちらを睨《にら》みつけてくる。

「なんだ、まだ怒ってるのか……」

「怒ってません。遊んであげないだけです」

「そ、そうか……」

これは重症だな。と思いながら、岐ノ瀬はとりあえずまず二階に上がった。

病院入り口にはなんの張り紙もなかったから、津堂が院内にいるのは確実だ。

案《あん》の定《じょう》、いつも何か作業している奥の部屋のデスクに、津堂は資料に埋もれるようにして座っていた。その背中は、他人の存在に気づいたそぶりさえない。

しばらく、岐ノ瀬はじっとその背中を見つめていた。何も、仕事に励む背中にうっとりしているだとか、そんなわけではない。

ただ、声を掛ければ振り返ってくるだろう現実に、まだ覚悟ができないのだ。

しかし、じっとこうして背中を見守っているわけにもいかず、岐ノ瀬は精いっぱいの平常心で声をかけた。

「ドクター、帰ったぞ」

「っ！」

ぎょうぎょうしいほど津堂の肩が震え、椅子《いす》が軋《きし》んだ音をたててこちらを向いた。

そんなに驚かなくても。と岐ノ瀬のほうがうろたえたが、振り返った津堂は、さっきの反応が嘘のようにいつも通りの顔をしていた。

「なんだ、早かったな岐ノ瀬。仕事のほうはどうなんだ？」

「……」

いつもとまったく同じ態度。今朝のことは夢だったっけ？

いや、夢ではない。その証拠に、津堂に見つめられたらすぐに肌が彼の愛撫を思い出すし、腰には彼の熱が埋めこまれていた違和感だって未だに残っている。津堂の吐息の荒さは耳朶に、舌先の器用さは乳首が……と、思い出してどうするんだ、と岐ノ瀬は慌てて淫《みだ》らな記憶を頭から振り払うと、自分の頬を一つ、ぴしゃりと叩いた。しかし、そうやって触れた自分の頬はやけに熱い。

この津堂を前にして、乙女のように恥ずかしがるのも悔しくて、岐ノ瀬はつとめて今朝のことなど気にしていない風を装って津堂の手元を覗きこんだ。とたんに、また津堂の肩がぴくりと跳ね、そしてその耳は赤く染まっていたが、岐ノ瀬は相変わらずそんなことに気づける余裕はないままで、狭い部屋で二人、いい歳をした大人がひどくぎこちない雰囲気を作り出していた。

しかしそんな空気も、津堂の仕事ぶりを見るにつけ少し落ち着いてくる。

大量の書物には文字の羅列やら、パソコンの画面にはグラフのようなものやらが映し出されているが、これが獣医の仕事なのだろうか。

「仕事は停滞期だ。美野が持ってるデータが手に入れば金の動きは完璧にわかりそうなんだがな。ドクター、あんた美野の家まで行ったことあるんだろう。大事そうなUSBメモリとか、持ってるの見たことないか？」

「USBメモリ？　他人のデータに俺が興味示すように見えるか……？」

「見えないな。だが、ジェシカも狙われてることだし、一緒に預かった荷物とかに入ってないかと思って」

一瞬、何か思い出すようにして首をひねってから、津堂は深刻そうな顔をして肩をすくめた。いつの間にか、耳の朱は引いている。

「慌てて電話してきて、しばらく預かってくれと言われたんだ。ガレージにジェシカを迎えにいったが、車はなかったし、そんなメモリは見当たらなかったな……」

「横着な野郎だなあ」

「そんなに大変な事件なら、直接岐ノ瀬たちが調べに行けばいいんじゃないのか？」

「できたら苦労しないよ。令状がなきゃ他人の家なんか勝手に入れないし、警察が美野の家のまわりうろついてるだけで、他の詐欺仲間が逃げ出すかもしれないからな」

「よくわからないが、好きにできないもんなんだな、あんたたちも」

感慨深げに呟いた津堂は岐ノ瀬の仕事ぶりに興味を抱いてくれたようだったが、一方岐ノ瀬も、津堂が熱心に向き合うデータがなんなのか気になってきた。

「そういうドクターも、毎晩大変そうだが、何をやってるんだこれは」

「研究だ。犬や猫の言葉を翻訳できないかと思ってな。学生時代から没頭してるんだが、これだ、と思った文法は、今のところ全部気のせいだった」

「へ、へえ……」

また大層な研究だな。と突っ込むには身に覚えのある話すぎて、岐ノ瀬の背に冷や汗が流れた。おかげで、今朝の記憶も少しは意識の片隅に引っ込んでくれたが。

だが、考えてみれば誰に「犬の言葉がわかります」といっても、気味悪がられたりなんらかの心配をされるのがオチだが、津堂はどうだろうか。動物バカの彼なら、岐ノ瀬の可能性に目を輝かせるかもしれない。

「ドクター、世の中には犬と普通に会話できる奴がいるらしいぞ。お互い、何を言っているのかそのままの言葉で理解しあえるんだ。そういう奴に会えるとしたら、あんたどうする?」

「解剖する」

即答した津堂の瞳は確かに輝いていた。が、期待していた輝きとは少し違う。

過激な言葉に引きつる岐ノ瀬に、なおもうっとりとした様子で津堂は続けた。

「脳波や、あらゆる意思疎通テストも必要だな。それから……」

「も、もういい。今のは冗談だ」

頭大丈夫？　なんて言われるほうが、きっと楽だろうほどに、津堂の情熱は残酷そうだ。

今まで見た中で一番瞳を輝かせている様子に、その期待をフイにするのも気が引けたが、解剖されるわけにもいかず岐ノ瀬は話をそらそうと、手にしていたバナナの袋をかかげてみせた。

「そ、それより、モモに土産買ってきたぞ。今朝も拗《す》ねてたことだし」

きっと、津堂には彼へのＣＤのプレゼントよりも、彼の愛犬へのプレゼントのほうが嬉しいだろう。今度こそ喜んでもらえるといいのだが。

「そういう、拗ねてたとかなんとかいうのはあれか、その犬語わかる奴に翻訳してもらったのか」

「食いつくな。冗談だって言っただろ！」

こんな変人に心を許しかけていた自分が恐ろしい。と後悔しながらも、岐ノ瀬は詰め寄られた距離に、朝の肌の感触を思いだしそうになり、あわてて距離をとるようにしてバナナを津堂に押し付けた。

「バナナだ、モモが好きだって言ってたよなお前」

「岐ノ瀬……お前はやっぱり優しいな。嫌いとかいいながら……」

思った以上の津堂の笑顔に、岐ノ瀬も嬉しくなってくる。

「うるさい。優しいとか言うな、調子が狂う。それで、バナナをあいつにやる許可を飼い主様にいただこうと思ってな」

「かまわない、それどころかありがたいよ。ただ、今日はミルク飲ませたから、二切れまでだ」

そう言いながら、さっそく自分の分のバナナをむきはじめた津堂を残し、岐ノ瀬は逃げるように再び一階に舞い戻った。あのままでは、またいつ犬語の話になるかわからない。

 今朝はあんなにしっかりとした手つきで抱いてくれたくせに、同じ手で脳みそをかきまわそうとするのだから恐ろしい奴だ。なんてことをぶつぶつと口の中でつぶやきながらも、岐ノ瀬は頬を赤く染めたまま早速受付の中に足を踏み入れる。

そして、その片隅のクッションの上で、拗ねたように丸まっているモモのそばにしゃがみこみ、バナナを掲げてやった。

「ほらモモ、今朝のお詫《わ》びだ。土産のバナナ」

「バナナ……」

モモが難しい顔になった。

とても好物を前にした犬の相好ではないし、尻尾の表情も冴《さ》えない。あんなに輝いていた津堂の笑顔とは対照的だ。

「なんだ、ドクターから、お前が好きだって聞いてわざわざ買ってきてやったんだぞ」

「そっ……それはありがとうございます」

むすっとしてしまったモモが、一応礼儀だとばかりにバナナを鼻先でつついてくる。しかし、相変わらず気乗りしない様子だ。

「……モモ、もしかしてバナナ嫌いなのか？」

「ドクターはバナナと一緒にいつもかりかりしたの、くれます。あっちは好きなんですけど」

ああ、と言って岐ノ瀬はバナナの皮をむいた。そして、先端をちぎって自分で食べる。

カリカリを前にして振っていたのだろう尻尾を見て、津堂はきっとバナナが好きだと勘違いしたのだろう。

「お前って、律儀なとこあるよな。それからもバナナ出されても、あいつが嬉しそうに用意してくれるからとかいって、頑張って食ってたんだろ」

「む……どこで見てましたか」

「見てねえよ。わかりやすいやつだなあ……っていうかそうだよな、犬ってわかりやすいもんだわな。津堂もわかりやすい奴だし……もしかしてあいつ、人を動物に例えてるよりも、自分のほうがよっぽど犬っぽいんじゃないか？」

最後は、しみじみとした呟きになってしまった。

「バナナじゃなかったら、お前は何が好きなんだ？」

「モモは桃が好きですよ」

下手《へた》な洒落《しゃれ》のような回答に、岐ノ瀬は目をまるくした。

「小さいころにこのおうちに来ました。ドクターが、何が好きだ？　って、果物とかお花の名前をずっと言ってました。だから、モモと言われて、それ好きです、と答えたんです」

バナナをもう一口かじり、岐ノ瀬はじっとモモを見つめた。

モモのほうが先に、気まずそうに視線を逸らしたのを見て、たまらずにやりと笑ってしまう。

「で、名前がモモになったんだな。何が好きってのは、どんな名前が好きかって話だったわけか」

「そういうことです。もういいですか」

「ははは、ああ、もういいよ。いやあ、それでモモかあ」

「バカにしてますね。バカっていうほうが、バカなんですよ」

「どこで覚えるんだよそんな言い回し。しっかし、お前も苦労してるな。大好きなご主人様があの調子じゃあ」

「苦労なんてしてません。ちょびっと、ときどき困るだけです」

また拗ねさせてしまった。そのことを少し反省しながら、岐ノ瀬は二階を見透かすようにして天井を見上げた。

解剖されるのはおろか、質問攻めにあうのだって御免だが、しかし津堂の動物語学研究は、そのうち報われるといいななんて甘いことを考えてしまうのは、今朝の一件のせいだろうか。

人肌は恐ろしく暖かくて心地よくて、そして津堂の自分を見つめていた瞳は、いつまでも見つめられていたいくらい優しかった。体の中にちりちりと、あの興奮の残滓《ざんし》がまだくすぶっている気がするが、こんな状態でまともに仕事ができるのだろうか。

「……できるだろ。あいつの仕事してる姿見てたら」

今朝のことなんて忘れた顔で、相変わらず動物たちのために研究なんてしている津堂の姿を思い出しそっと笑う岐ノ瀬を、モモが不思議そうに見つめていた。

「おはよう」

「オソヨウ。ドウセオキテコナイトオモッテ、ゴハンヨウイシテナイワヨ」

「おやすみ」

「……」

「好きだよ」

「ハゲ」

「可愛いね」

「ハゲ」

「なあジェシカ。今朝起きたら、津堂がいないんだよ。当たり前のように自分の部屋のソファーで寝てやがんの。どう思う?」

「ハゲ」

「しかも、じゃあ今まで通りモモ抱きしめてんのかなって思ったら、そういうわけでもなくてさ。おかげで結局モモの奴今日もご機嫌斜めだしな」

「……」

「ジェシカ、お前昨日の朝ここで見た俺らの……」

「クチクサイワヨ」

岐ノ瀬は座卓に突っ伏してしまった。かれこれ三十分ほど、思いつく限りの言葉をジェシカに放ってみているが、うまく喋ると思っていたジェシカの返事のバリエーションはことのほか少ない。美野を調べるための何かヒントになるかと思ったが、わかったことといえば、あの男が存外寂しい生活をしていたことくらいだ。

基本言語はハゲ。たまに辛らつな言葉が返ってくるが、何が楽しくてこんな言葉を覚えさせたのか。

それにしても、と、岐ノ瀬はだらしなく背中を曲げ、顎を座卓に乗せて間近でジェシカを見つめた。

今朝も散歩を終え、津堂は休診日だというのに、近所の得意先の猫のお産が気になるからといって様子を見に行ってしまった。夕べ寝たのも相変わらず遅くて、そのくせ今朝目を覚ますと、いつもあるはずの温もりは、布団の中のどこにもなかった。

それは、急な変化だった。

昨日までは当たり前のように、朝目が覚めれば津堂が自分を抱き枕にして寝ていたのに。

本音を言えば、夕べ寝るときは緊張していた。朝起きて、津堂の体温を背中に感じればまた自分は欲望を抱くのではと、考えるだけでドキドキしたし、明日の朝が怖いような、待ち遠しいような複雑な気分だった。

だが、いざ朝になってみれば、欲望以前の問題だ。

「はぁー……なんなんだよ。あんまり俺がなんかこう、あれで、それだから、引いたとかか?」

あれでそれ、という間も、昨日の乱れ狂った自分の痴態《ちたい》を思い出すが、だんだんその記憶に羞恥を覚える余裕もなくなってきた。

津堂の仕事する姿を見ていたら、きっと自分もあの朝のことを引きずったりせずに仕事に励むだろう。なんて自信満々に考えていたのに、津堂が自分の布団の中に入ってこなくなっただけで彼の心の変化が気になって仕方がない。

嫌われたのか、はたまた呆れられたのか。いややっぱり下手だったとかなんだとか……なぜかネガティブなことばかり頭をめぐり、岐ノ瀬はたまらずため息をつく。

「あーあ。何やってんだろ俺。仕事しよ、仕事……ジェシカ、お前、美野の悪さ何か知らないか？」

駄目元でダイレクトに聞いてみたものの、ジェシカは卓上に生首のように乗っかった岐ノ瀬の頭におののき羽を膨らませるばかりだ。

「らちがあかねえ。今日は係長に報告できることもなさそうだなあ」

ふいに、階下からモモの声が聞こえてきた。

気になって一階に降りてみれば、受付の中で津堂が一人の女性と話をしている光景がまず目に飛び込んできた。誰だ、女の匂いなんてしないと高をくくっていたが、まさか彼女でもいたのか。ぎょっとなった岐ノ瀬のもとに、ちゃかちゃかと爪音をたてながらモモがやってくる。

「なんだモモ、ドクター帰ってきたのか」

「はい。田村さんとこのブチ猫大丈夫でしょうか。ちょっと刑事さん、聞いてきてくれませんか」

「かまわないが、交換条件だ。あの女が誰だか教えろ」

犬のくせに器用に人のことを利用しやがる。と苦笑しながらも、負けじと岐ノ瀬もそう返したところで、受付から怒鳴り声が聞こえてきた。

「そういう、あいまいな態度じゃ困るんです！　白黒つけてください院長先生！」

甲高い女性の声。そっと覗き見ると、困ったように頭を掻くいつもと変わらぬ様子の津堂と、眦《まなじり》吊り上げて怒気をあらわにしている、カーディガンにジーパンという姿の若い女性が向かい合っていた。

なかなか美人だ。しかしその表情は怒りに満ちている。

「津堂先生、相手が黙っていてくれてるから、自分は関係ないとか思っていませんか。動物にはあんなに優しくできるくせに、どうして同じ人間にはできないんですか。妊娠してるのに他人みたいな顔して放ったらかしだなんて、最低です！」

「だから、何度も言ってるけど岩村《いわむら》君、高沖《たかおき》先生の妊娠に俺は関係がない。彼女が一人で出産するっていうんだ。俺はその意思を尊重してるんだが、それだけじゃダメなのか」

「ダメに決まってるでしょう。自分の胸に手をあててよく考えてください」

「な、何を考えればいいんだ？　狭心症の心配か？」

何やら不穏な話題だ。

岐ノ瀬は、足元でうなるモモの小ぶりな頭を見やった。

「おいモモ、なんなんだあの二人は」

「あの女性は看護師の岩村さんです。とてもしっかりものの優しい人ですよ。それなのに、ドクターととっても仲が悪くて困ります」

「ほう。津堂はもっとモテると思ってたんだがな」

彼女だとかそういう存在ではなかったのか。とほっとしたのをごまかすように言うと、モモは不本意そうにこちらを見上げてきた。

受付のほうからは、まだ岩村という看護師の怒りの声が聞こえてくる。津堂の頓珍漢《とんちんかん》な返事に腹がたってならない様子だ。

何かに似ている。岐ノ瀬が初めて会ったときの津堂は確か、あんな雰囲気だった。動物相手にするときとは明らかに違う、少し感情がすれ違っているような態度。そういえば、いつから自分は津堂のああいう態度が気にならなくなっているのだろう。

「モテますよ。ドクターは私が近隣の雌《めす》犬たちにちやほやされるように、たくさんの人間の女性にちやほやされています」

何か突っ込んでやりたかったが、今機嫌を損ねられては情報入手に支障がでると考え、岐ノ瀬は黙ってモモの続きをうながした。

「岩村さんも、この病院に来たばかりの頃は、お嫁さんにしてほしそうでした。でも、お嫁さんにして欲しそうな女性ほどドクターに怒ってばっかりです。なぜあんなに怒ってるんでしょう?」

「……さあ」

なんとなく、二人のやりとりから垣間《かいま》見える事情に気づきながらも、モモにはそのことをはぐらかしてみせると、岐ノ瀬はじっと津堂の様子を観察した。

片肘をカウンターについてもたれた格好の津堂は、よれよれの白衣姿と相まって、何もかもがわずらわしいとでも言いたげな空気をかもしだしている。津堂をよく知らない人間があの姿を見れば、痴情のもつれを追及されながら、まともに取り合う気のない遊び人に見えるだろう。

顔立ちはいいのだが、そういう意味では津堂は損な外見かもしれない。

疲れたようにときどき首筋を揉《も》む仕草も、ため息のタイミングも、何もかも絵になるかわりに、ひどく気障《きざ》で不誠実に見えるのだから。

「津堂先生、おじい様も心配してらっしゃいましたよ」

その一言に、津堂の顔色が少し曇った。

頼りない、子供のような表情に見えたが、看護師にはそうは見えなかったらしい。

「またそんな顔して。先生、もう反抗期してる歳《とし》でもないし、とっかえひっかえ女の人に手を出してる歳でもないでしょう」

「反抗期でもないし、とっかえひっかえもしてないよ」

「はぁ、もう……とにかく、認知だけでもしてください。でないと……」

あまりな言い様に、助け舟を出してやりたくなったが、ここにきて岐ノ瀬は、まだまだ津堂のことをよく知らないことに気づいた。ただわかることは、岩村という看護師の説教に、津堂が困り果てていることだけだ。

その様子が可哀想で助けてやりたいのに、うまいフォローが思い浮かばず無力感が湧いてでたそのときだった。ふいに、受付の中の津堂がこちらを見た。今初めて岐ノ瀬らの存在に気づいた様子で、困り果てていた表情が一瞬にして笑顔になる。そしてなんと、こちらに向かって手を振ってきたではないか。

岐ノ瀬の頬が引きつるのと、岩村看護師の雷が落ちるのはほとんど同時だった。

単純に、モモがいるのが見えて嬉しかったのだろうが、怒り心頭の岩村の前では火に油だ。

馬鹿だなあ津堂院長。獣医になるくらいなんだから頭はいいだろうに、本当に馬鹿だ。

しみじみとそんなことを思いながら見守ること数十分。看護師のお説教は産休医師の話にとどまらずついにはトイレの使い方だの犬用の皿でコーヒーを飲むなだの、そういったところにまで波及し、さしもの津堂も子供のようにしょげかえってしまっていた。

「あー、岩村さんでしたっけ、もう、その辺にしといたらどうですか。俺もその……あー、事件の話とか津堂院長から聞かなきゃならないんで」

なんとか口実を見つけて岐ノ瀬が受付に足を踏み入れると、看護師が唇を噛んで説教をやめた。こちらを見る瞳は、興奮しすぎているのか涙目だ。津堂のほうがよほど泣きたいだろうに。

「空き巣の件で来てくださってる刑事さんですよね」

厳密には違うが、説明するのも面倒で「ええ、まあ」と答える。

「すみません、津堂院長この通りの人ですから、大変でしょう。ちゃんと食事とってらっしゃいますか。ドッグフードとか出されても、食べなくていいですからね」

「岩村くん、さすがの俺もお客さんにドッグフード食わせたりしないさ。ちゃんとカップめんを買った」

「カップめん！」

また説教が長引く。そんな直感に慌てて、岐ノ瀬は津堂を自分の背後に押しのけてた。

「大丈夫ですよ。快適に過ごしてますからお気になさらず」

「本当ですか？」

「信用ありませんね、津堂院長は。動物のほうは彼のこと信用してるみたいですけど」

「そりゃあ……津堂先生は名医ですから」

その点は素直に認めると、岩村看護師は丁寧に頭を下げてきた。

「犯人、捕まえてくださいね。よろしくお願いします」

岩村は興奮が落ち着いたのかようやく帰り支度をはじめる。二、三、また小言めいたことを言ってから病院を出ていく彼女の背中を窓から見送り、岐ノ瀬は肘で津堂をつついた。

「休診日なのに、何しにきたんだ彼女は」

「猫が難産になりそうだから手伝いに来てくれたんだよ。まあ飼い主さんの勘違いで、まだ先になりそうなんだが。だいぶ苦しそうだったから、生まれるときはまた岩村くんに来てもらったほうがいいかもしれない」

だってさ、と足元を見ると、モモが心配そうに耳を下げた。その様子に肩をすくめてみせながら、岐ノ瀬は再び、窓の外を見やる。そして、恐る恐る津堂を振り返った。あの手厳しい言い様、それに祖父のことまで持ち出されて、津堂が傷ついていなければいいのだが。

「それにしても、どえらい看護師がいたもんだな。あんなに言わせておいていいのか？」

「いいも悪いも、何を言ってるのかよくわからないから黙らせようがないだろう」

ようやく人心地ついたように嘆息を吐くと、津堂は大きく伸びをした。その長い影が地面に落ち、ぱたぱたとモモがそれを踏む。いつもの時間が戻ってきたような気がした。

「縁故採用だ。じいさんの友達の娘さんでな。じいさんに言われてるんだろう、俺が妙な真《ま》似《ね》してないか様子を見ておけとかなんとか」

「妙な真似って？」

「十年前、変な女に勝手に婚姻届出されそうになってた。ああいう俺の失敗をずっと根にもってるんだよじいさんは」

「金持ちで世間知らずのイケメンだなんて狙われそうだもんな」

「そうなのか……」

初めて知った、とばかりに津堂は目を瞠《みは》る。

「けど、だからってあの言い方はないだろう。お前のじいさんの後ろ盾があるからって、少し調子に乗ってるんじゃないのか？」

「でも岩村くんのおかげで助かってることがある。彼女が来てから、やたら診察室で長居して世間話したがったり、ペットを預けるついでに私も泊めてとかいう女の子が激減した」

彼女のマシンガントークはすごい。人を追っ払う天才だ。

まったく褒め言葉になっていないが、津堂は満足げに岩村看護師を賞賛する。田上《たがみ》のときもそうだったが、津堂は自分のされたことに怒るタイプではないのかもしれない。その分、そばで見ている岐ノ瀬には少し歯がゆい。

津堂が病院の鍵《かぎ》を閉めた。カチリ、という施錠音とともに、二人きりになったのだという自覚がこみあげてくると、急に岐ノ瀬はさっきの話題が気になりはじめる。認知だ、なんだと、気にしていないつもりだったのに。

「どうなんだ。本当にお前じゃないのか、その……女医の妊娠は」

尋ねた岐ノ瀬の緊張感に反して、津堂はこともなげにうなずきながら振り返った。

「ああ。全然関係ない」

「そ、そうなのか」

真偽を確認するだけのつもりが、津堂の明言に岐ノ瀬は想像以上に自分がほっとしていることに驚いた。

だが、ほっとしたそばから、もっと聞きたいことが溢《あふ》れてくる。本当に関係ないのか？

と何度も何度も確かめるように。

これじゃあまるで恋人の浮気を追及してるみたいじゃないかと、自分の自惚れた態度に羞恥がこみ上げて、岐ノ瀬の口調は少しばかり落ち着きがない。

「け、けれどほら、疑われるくらいなんだから、日ごろから仲がよかったとか、よく二人きりでいたとか、そういう事情があるんじゃないのか？」

「確かに二人ではよくいるな。高沖は世話焼きだから病院の管理や、患者家族への対応の相談にはもってこいだ。彼女は俺に興味がない。だから俺も期待せずにつきあえる」

「期待？」

「俺は人と仲良くするのが苦手だからな。少しこっちに興味を持ってくれると、仲良くできるかもと期待しすぎてしまう。結局離れていかれちまうんだが……その点、期待してないと楽だろう」

照れたように頭をかいた津堂の視線が、岐ノ瀬から離れる。おかげで、岐ノ瀬が一瞬見せた情けない表情は見られずにすんだ。

少し考えてしまったのだ。なら、自分には期待してくれているのだろうか。それとも、期待していないからこんな風に一つ屋根の下に泊らせてやれるのか。

自分までいらない期待を抱いてしまいそうで、岐ノ瀬はその考えを振り払うと話を戻した。

「興味がないのか。そうか……でも、他人はそうは思ってくれなかったようだな」

「そんなもんか？　だが困ったな、本当に何もないから、何もないって言ってるんだが、どうすればわかってもらえるんだか」

「こいつは有罪だ。と思っている奴に無罪を主張するのは至難の業だぞドクター」

津堂の身の潔白が浮き彫りになるにつれて、すっかり機嫌のよくなってしまった岐ノ瀬は、プロの意見だとばかりに明るく津堂に教えてやる。しかし、岐ノ瀬の言葉に津堂は「そんな無茶な」と言って困り顔だ。

「その産休中の医者からも言ってもらえばいいじゃないか、父親は津堂じゃないって」

「岐ノ瀬、独身男の悪い癖だ。猫も、犬も、人間も変わらない。妊婦にはストレスは大敵だ。俺は彼女の事情を知ってるが、職場じゃ言わないでと頼まれてる。あっ……でもそしたら、俺結局誤解され続けるままなのか……参ったな」

「お前の甘さはお前の首を絞めてるなあ。仕方ない、今度なんか言われたら、俺も一緒になってお前はシロだって言ってやろう」

ほっとけば、きっとこんな調子で誤解がひろまっていくに違いないと思うと、津堂の不器用さが放っておけずに岐ノ瀬は提案した。ちょっと役に立ちたいだとか、ちょっと頼もしいところを見せてやりたいだとか、胸のうちには、ふわふわとしたいろんな思惑が飛び交い、ひどくくすぐったかった。

そんな岐ノ瀬を相手に、津堂は目を真ん丸に見開いてみせている。

「な、なんだ、迷惑か？」

「まさか。ただ……うちの病院の子はおろか、お得意さんでさえ俺が父親だろうと思ってるぞ。どうして岐ノ瀬は信じてくれるんだ」

「どうしてって……ドクターは嘘なんてつかないだろう？」

出会ってからのいろんな光景を思い出しながら、岐ノ瀬は言った。

「あんたこそ動物に似ているな。打算とか見栄とかがない。ドクターの世界はひどく単純で純粋で、嘘がない。だから、俺はあんたを信用できるんだ」

「……それは、刑事の嗅覚《きゅうかく》とやらか？」

「そうかもな。漂う空気とか、たまに見せる目の動きとか言動とか、いろんなものをひっくるめて、俺たち刑事は肌で相手の人間性をかぐんだ。数日一緒に過ごせば、あんたの本性なんて簡単にお見通しってわけだな」

得意げに笑う岐ノ瀬を前に、津堂は落ち着かない様子であたりに視線をやり、そしてもごもごと唇を蠢かせた。どうにも似合わない態度だ。

「俺だって、嘘くらい……」

「お？　なんだなんだ、どんな嘘ついたんだ。それが本当に嘘かどうか、俺がジャッジしてやろうじゃないか」

らしくない言葉に、もしや正直者扱いされて照れているのかと思うと可愛くなって、岐ノ瀬は悪戯心が湧いた。にやりと笑って津堂の顔を覗き込むと、彼は気まずそうに視線を逸らす。

そして、わざとらしく話題を切り替えてきた。まさに、正直者にふさわしい、へたくそで白々しい話の逸らし方だ。

「んっ、げほん。さ、さてと、叱られたら腹が減ったな。みんなに飯をやらなきゃ」

そのぎこちなさに、岐ノ瀬まで恥ずかしくなってくる。照れ隠しに乗るようにして岐ノ瀬はその話題に食いついた。

「ドクターは、患者より先に飯は食わない主義か」

「当然じゃないのか？」

迷いのない即答に、岐ノ瀬の頬が緩む。

もう、自分の布団に入ってきてくれることはないのだろうか。そう思うとまだ悶々とするけれども、こうして二人で過ごす時間が愛おしくて、もっとその時間が欲しくなって岐ノ瀬は今まで決して言わなかった言葉を吐いた。

「俺も腹減ってるんだ。患者の餌《えさ》やり手伝ってやるから、早く終わらせて一緒に食おう」

「本当か。ありがた……いや、でも動物嫌いなんだろう……？　無理しなくていいんだぞ」

「好きでもない留置場の犯罪者にだって飯くらいやるんだ。動物に餌やりするくらいなんてことねえよ」

「なるほど、岐ノ瀬は鉄格子越しにご飯をやるのが得意ということか」

「なんか違うな……っていうか、別に餌をやるのも嫌とかいうほど嫌いなわけじゃないから、手伝いくらいするよ。悪いな、気を使わせて」

「いや、こっちこそありがたい。けれど、みんなが飯食ってるところを急《せ》かしたりしないでやってくれよ」

「はいはい。ほんと動物バカだなあんたは」

動物バカ。という言葉に首をかしげながら、津堂はごそごそと餌の準備をはじめた。

岐ノ瀬はというと、自分が津堂バカになりつつあるのを自覚していた。何しろ、あんなに嫌いだった動物の餌やりなんて手伝ってまで、津堂と同じ時間を過ごそうとしているのだから。

岐ノ瀬は水のとりかえを任された。子犬やヤギ用だとのことだが、犬はともかくさすがにヤギには慣れない。朝、散歩から帰ってくると、今度はあのヤギの散歩タイムで、狭い裏庭で日向ぼっこさせている姿は何度か見たものの、とても近寄る気にはなれなかった。

しかし、いざケージに近づいてみると案外大人しそうな瞳が、じっとこちらを見つめてくる。

「なんだあんた、ヤギとも喋れるのか。ばいおりんってやつか、すげえな」

犬のケージから余計な野次が飛び、岐ノ瀬は眉間《みけん》に皺《しわ》を寄せた。

「お前それを言うならバイリンガルだろ。っつうか喋れねえよ」

話に加わりたそうにして「べええ」と鳴くヤギをなだめ、岐ノ瀬はケージの鍵をあけた。

仮住まいの診察室はとても小綺麗で、犬たちのケージにもそれぞれこだわりがあるのだろう。

毛布やおもちゃが入っているが、ヤギのケージだけは稲藁《いねわら》が片隅に積み上げられている。慣れない光景の中に一本、金色に光る稲を見つけて岐ノ瀬はしゃがみこんだ。

拾い上げると稲ではなく紙切れのようだ。箔押しの模様らしきものがところどころにある紙片。見ると、稲藁のさらに底には、新聞紙が軽く敷かれていた。チラシか何か混じりこんだのだろう。

そんなことに気をとられていたせいか、ヤギが早く水をよこせとばかりに鼻先で小突いてきた。岐ノ瀬の手の中で、水が揺れてわずかにこぼれる。

「うわっ、おい、こぼしたらどうすんだバカっ」

岐ノ瀬の怒りもまったく気に留めず、ヤギは呑気《のんき》に、水滴のついた岐ノ瀬の手を舐めてくる。何すんだ、と怒鳴りながらも、やはり以前のように本気で苛立つようなことはなかった。津堂のキスはどうやら、岐ノ瀬の中から意固地な動物嫌いの虫も吸い取ってくれたようだった。

なぜだ。と、岐ノ瀬は深夜の病院受付ロビーのソファーを見下ろし呟いていた。

夜、なんとなく肌寒い気がして目を覚ますと、布団の中は今宵《こよい》も一人きりだった。いい加減、あの朝の火照った記憶も冷めてきて慣れたつもりだったが、なんというか物足りない寝心地だ。

どうせ一緒に寝たってドキドキして困るだけだろうに、しかしいなければそれはそれで寂しい。

まだ津堂はあの動物語学研究とやらをしているのだろうか。それとも、岐ノ瀬の布団を避けて、一人で寝ているのだろうか。

悶々として、尿意もないのにトイレに起きると、ふと気づいたのだ。津堂の書斎がもぬけのからであることに。

こんな夜中にどこに、と思い降りてきてみると、受付ロビーのソファーに寝そべる津堂の姿があった。電気は最小限しかつけていない薄暗いロビーで、死体のように動かないいつもの白衣姿。

急患でもあったのだろうかと思ったが、院内は静かなものだ。

「おいおい、こんなところで寝たら風邪ひくぞー。……俺の布団で寝ろとかわがまま言わねえから、ちょっとは動物並みに自分のことも大事にしろよな」

起こさない程度にささやきながら、せめて毛布でもないだろうかとあたりを見回したとき、ようやく足元のテーブルが珍しく散らかっていることに気がついた。

診察室で使っているステンレストレーが数枚並び、中にはブロッコリーや未開封のおにぎりが並び、シリコントレーの上では、ペティナイフと切ったバナナが転がっている。未開封のささみジャーキーに、缶詰の餌。そしてなぜか、どう見ても犬用の皿がでんと置かれて、その中にも似たような食材がごろごろと入っていた。

モモ用だろうか。それとも犬餌の研究？　と、怪訝《けげん》に思いながら岐ノ瀬は津堂を揺り起した。どちらにせよ、こんな状況で寝ぼけてソファーから落ちでもすれば、ナイフもあるので危ない。

「おい、起きろドクター。こんなところで寝るな」

「んー。なんだ、散歩か……」

「違う」

ぴしゃりと額を叩くと、ようやく津堂が目を瞬かせた。そして、岐ノ瀬に気づくとのそのそと起き上がる。

あたりを見回すと、津堂は目を瞠《みは》った。

「なんで俺、ロビーにいるんだ？」

「こっちのセリフだ。何やってたんだドクター、こんな遅くまで。新しい研究か？」

隣に腰を下ろすと、津堂はまだ寝ぼけているのか、軽く岐ノ瀬によりかかりながら「あ〜そうだったそうだった」などとあくびをしながら言い出した。相変わらず距離の近い男だ、おかげで岐ノ瀬の心音は荒くなる。この近さだと、その音がばれてしまいそうだ。

「弁当作ってたんだよ。急に思い立ったから、全然材料がなくて難航してたんだ」

「弁当？」

こんな夜中に？　人の布団にも入ってこずに？　と、岐ノ瀬は津堂の考えていることがさっぱりわからず素っ頓狂な声をあげてしまった。しみじみ、津堂は変な奴だと思うが、その変人ぶりにふさわしく、弁当とやらも変な出来栄えだった。

犬用弁当だろうか。それにしたって、皿の中身は……百歩譲っても残飯だ。

市販のおにぎりだったのだろうごはんと、生のブロッコリーが混ざり合い、わけのわからない形に切られたバナナは茶色くなっている。

さすがにモモが可哀想だ。と、珍しく犬相手に同情したとたん、爆弾発言が放たれた。

「岐ノ瀬に弁当作ろうと思ったところまでは良案だと思ってたんだが、作り始めてからやっと、俺料理できないことを思い出してな。それに食べ物は、モモの好きなブロッコリーと、あんたのコンビニおにぎりしかない」

岐ノ瀬に弁当。それは何か、もっと甘酸っぱくて素敵な言葉のはずではなかったか。自分にそう言い聞かせるものの、岐ノ瀬の表情は、弁当を前に固まるばかりだ。

「ブロッコリーとごはんで何ができるだろうと思って調べてみたら、リゾットくらいならできそうなんだが……二階にはコンロも鍋もないからな、診察室のほうがまだ火が使えそうだと思って降りてきたんだった」

どこから突っ込めばいいかわからず、岐ノ瀬はじっと机の上を眺めた。

自分の弁当。そう知らされたとたん、ささみジャーキーなどに嫌な予感が湧いてくる。

「ドクター、まさかリゾットの具に、ついでにささみいれようと思ってたか」

「思ってたが、その前にコンソメとやらがないから、また明日から仕切り直しだ」

「なんでこの状況で、あとはコンソメさえあればなんとかなると思えるんだあんたは」

「なんだ、ダメなのか」

不本意そうに眼を瞬かせ、津堂は今度こそ自力で起き上がった。前のめりになって皿を手にとって、自分の作品を見つめはじめる。

「酷いな、バナナが茶色だ」

「そりゃそうだろう。っていうか。そこはなんかもうそれほど問題じゃない。何からどういえばいいのかわからんが、まず根本的な問題だ。俺は弁当なんかいらない」

津堂が、驚愕《きょうがく》に目を見開いた。

そんなに驚くことか、と岐ノ瀬のほうがうろたえるほどに。

「そ、そうか。俺からの弁当は、やっぱりいらないか……」

「い、いや、いらないっていうのはその、お前からいらないって話じゃなくてだな……」

何かひどく傷つけてしまったような気がする。しかし、もとより仕事で来たのだからもてなし無用だと言ってあるし、食事だって今はちゃんと岐ノ瀬が自分で買っているのだ。

それを、なぜ急に弁当作りなんて始めたのかさっぱりわからない。

いつもマイペースな津堂のしょげた姿はなんだか放っておけなくて、そのくせどう励ましてやればいいのか、岐ノ瀬にはさっぱりわからなかった。

津堂はあんなにうまく、カシスの夢を見た自分を受けとめてくれたのに……。

「つ、津堂、その……よくわからないが、気持ちは嬉しいぞ？　俺のために作ってくれたんだよな？」

「ああ。せめてコンソメがあったら、あんたを喜ばせてやれたんだが」

「いや、コンソメがあってもちょっと難しいんじゃないか……」

いいながら、岐ノ瀬ははたと気づいた。岐ノ瀬を喜ばせたくて弁当を作った、ということなのだろうか、津堂の言い分からすると。

料理ができないなどと言うくせに。じわりじわりと、岐ノ瀬は自分の耳が熱くなるのを感じていた。津堂はどういうつもりなのだろう。岐ノ瀬に何か特別なことをしてやろうと思ってくれたのだろうか、それとも、これもただ、犬扱いの一環？

膨らむ疑問はどこか甘酸っぱくて、自惚れてしまいそうで怖い。

「つ、津堂は、誰にでもそういうこと言うのか？　弁当作ってやったり、喜ばせたいとか言ったり」

それに、悪夢にうなされていたら抱きしめてやったり……。

誰がこんな動物バカに興味なんか抱くか。そう思っていたのも今となっては遠い昔、岐ノ瀬は自分の心がじわじわと津堂の心に傾きつつあることに焦りながらも、聞かずにはいられなかった。

「そ、そうだな。家族相手なら。昔はもっと構ってほしくて、じいさんに犬の絵描いてあげたり、弟に野良猫見せてやったりしてたんだが」

「お、おい、それは動物嫌いの家族には逆効果なんじゃないのか」

図星だったらしく、津堂はうつむいてしまった。

これがいい。と思うとなりふり構わず実行してしまうタイプなのだろうか。この弁当みたいに。

何を思い出したのか、津堂の声は少し暗くなった。

「岐ノ瀬、前に言ってたな。俺の弟の話をすると、弟がうらやましかったのかって。俺はそんな自覚はなかったんだが、あんたの言うとおりかもしれない」

「言うとおり？」

「ああ。あいつは俺と違って友達も多いし、動物の話題しかない俺と違っておしゃべりもうまい。俺だって弟と喋るのは好きだった。あいつがみんなに愛されるのは当然だと思ってたよ。でもそれがとてもうらやましかったんだ。それがようやくわかった」

津堂の視線の先には、お弁当。

不器用な男の「こっちを見て」というサインに気づいたとたん、岐ノ瀬は急に、少しくらい無理をしてでもこの弁当を食べてやりたくなった。まだ犬用のささみジャーキーも入っていないし、彼の言うとおりコンソメで煮込んだらなんとかなるんじゃないか。

この弁当を食べれば、津堂のこの不器用な鬱屈《うっくつ》を、少しは軽くしてやれるような気がした。

「弟だったら、岐ノ瀬を喜ばせる弁当とか、うまく思いつくんだろうな」

「何バカ言ってんだ。見も知らない津堂の弟からなんかもらっても嬉しくもなんともない。よし、それ貸せ。気が変わったから全部食ってやる」

勢いで津堂の手から皿を奪おうとしたが、当の津堂が慌てた様子で皿を抱きこんでしまう。

その姿が、岐ノ瀬に弁当を作ろうと思ってくれた気持ちよりも、弟をうらやむ気持ちを優先されたようで気に食わず、岐ノ瀬は津堂の腕の中からバナナをふんだくった。

「あ、おい岐ノ瀬っ」

どんな切り方をしたのか、ぐちゃぐちゃのバナナの茶色は本当に汚いが、腐っているわけでもあるまいし。と岐ノ瀬は口に含もうとした。だがそれよりも早く、津堂の片手が岐ノ瀬の手首を摑んだ。

そして、そのまま岐ノ瀬のバナナは、指ごと津堂の口の中へと消えていった。

とたんに、甘く痺れるような感触が、指から肘のあたりまで上ってくる。

「……」

まるで、その痺れが津堂にも伝わったように、彼は岐ノ瀬の指を食《は》んだまま動きを止めた。

熱い粘膜の感触が、閉ざされた口の中から伝わってきて、岐ノ瀬は腰の奥がぞくりと震えるのを感じる。

何してるんだよ。と言うべきところを、体は雨の日の朝の出来事を思い出すばかりで、唇は動いてくれなかった。

「……っ」

津堂の口腔で、バナナが舌におしつぶされた。冷たくねっとりとした身が岐ノ瀬の人差し指と親指にまでまとわりつき、それはすぐに、対照的なほどに熱く火照った舌に舐めとられていく。

まるで、生き物のようだった。

津堂の舌は分厚く、敏感な指先をなぶられると、あの濃厚なキスを思い出さざるをえない。

バナナの身と一緒にもみくちゃにされながら、指先が溶けていくような気さえした。

皮膚を、甘く吸われる。飲みこむように奥まで誘《いざな》われ、岐ノ瀬はその感触にたまらなくなって指先を蠢かせた。

津堂の頬を内側からなぞり、そして奥歯をつつく。絡みつく舌を押しつぶすようにすると、その刺激に煽られたように、津堂の体がにじりよってきた。そっと、皿がテーブルに置かれ、その音が受付に響くと、あとはもう二人の吐く熱い息ばかりが聴覚を支配するようになった。

どちらともなく抱きあい、狭いソファーの上でみじろぐ。

指を引き抜き、代わりのように、バナナの味がする津堂の唇に口づけすると、待ちかねたように津堂の舌がはいってきた。

バナナの香りが鼻腔に広がり、あの日よりもねっとりとした舌がお菓子のような味わいで岐ノ瀬の口腔をなぞっていく。

「んっ……」

吸い付いて、舌を食む。少し離れて、また角度を変えて深く深く味わう。

欲深い接吻に、欲望が膨らむのはあっという間だった。

まだ、もっと深く。と求めるように身を乗り出すと、津堂の体が揺れ、その上に手をつくような形になる。こんなソファーの上で何やってんだ俺たちは。と思うのに、狭い場所で体が触れ合えば触れ合うほど、岐ノ瀬はしばらく続いた一人寝の寂しさが癒されていくような気がした。

唇を離した隙に岐ノ瀬はささやいた。

「津堂、お前の切ってくれたバナナ旨いな……お前の言うとおりだ。コンソメさえありゃ、弁当の残りも全部食えるから、安心しろよ」

「岐ノ瀬……」

津堂を笑顔にしてやることはできなかったが、しかし彼の呼気が熱くなったのは、肌に感じた。

「き、岐ノ瀬その……アレルギーとか大丈夫か？　あるなら、無理して食わなくても……」

「ない。つうか、作ってから聞くなよ」

思わず笑うと、津堂は恥ずかしそうに視線を逸らした。

そんな姿が新鮮で、まだ知らない津堂の表情があるのだと思うと、岐ノ瀬の興奮は高まる一方だ。

「弟のときもそうだったんだ。俺は子供でな、あいつが猫アレルギーだなんて知らなくて……俺はこの通り、動物の毛まみれの男だから、あいつが俺を避けるのなんて当たり前なんだよな」

「……でも、結婚式は祝ってやりたかったのか」

こんな卑猥なキスしてる最中に他の男の話をするなよ。といつもなら思いそうなのに、岐ノ瀬は津堂が饒舌《じょうぜつ》に自分のことを語る姿に、ようやく彼の心のふちに手を触れることができたような気になって、そっと津堂の鼻先にキスをした。

津堂もまた、岐ノ瀬の唇に吸い付いたり、子犬のように額に額を押し付けてきながら、あどけないほど素直にうなずいた。

「ああ。誰かと家族になれるのは幸せなことだ。犬も、猫もそうだろ。これもそうだな、あいつが誰か、ずうっと一緒にいられる人を見つけられて、うらやましくもある」

「へぇ……ずうっと一緒に、か」

それは確かにうらやましい。

自分ももし、津堂とずっと一緒にいられたら……。

気づけば、岐ノ瀬は津堂とすぐそばで見つめあっていた。そして、熱に揺れる黒い瞳の無邪気さに吸いこまれそうになる。

この自惚れを、どうすればいいのだろう。

仕事で少しだけ、こうして同じ屋根の下過ごしているだけ。それだけのはずなのに、体温も声もこの瞳も、何もかもが心地いい。

キスなんてして、興奮しているから安直にそう思っているだけなのだろうか。

いやそもそも、岐ノ瀬にどんな思いがあろうとも、津堂はどんなつもりなのだろう。

好きなのか、嫌いなのか。

なあカシスどっちだと思う。と胸のうちでつぶやいた岐ノ瀬がわずかに身じろぐと、ちょうど津堂の股間に触れた自分の手に、違和感があった。

「なんだドクター、もう勃ってるのか」

膨らむばかりの本音から逃げ出すように、岐ノ瀬は熱っぽくささやいた。すると、津堂は好きだとか嫌いだとか、そんな感情のそばにはいないような素直な顔をしてうなずく。

「ああ。岐ノ瀬の指があんまり旨いから」

津堂の表情だけ見るとからかわれているようだが、偽りない彼の言葉なのだろうと思うと、なんだかおかしくて、岐ノ瀬はゆっくりとソファーから降りると床に膝をついた。

津堂がどんなつもりかは知らない。けれども岐ノ瀬はただ、彼の中にもっと入って行きたくて、欲望ばかりが暴走していた。

来院した動物のため、クッション素材になっている受付の床は柔らかかった。どの病院も当たり前のことかもしれないが、その柔らかさにまた津堂の動物を見る優しい表情を思い出す。

もう、自分の中の何もかもが、津堂という生き物に繋がっていく自覚とともに、岐ノ瀬は彼の足元に収まり、その股間の膨らみにやんわりと手を這わせてやる。

薄手のデニム地にくっきりと陰影があり、ジッパーの下で熱を帯びていた。その形をなぞりながら、岐ノ瀬は津堂を見上げる。

「俺の指がそんなに旨いとは思わなかった。俺も、ドクターのこと少し味見させてもらおうか」

「おい……」

戸惑う津堂の声に反して、その目には期待の色が潜んでいた。

そのことが嬉しい。こんな真似、慣れているつもりはないのだが、津堂を喜ばせてやれるかと思うと奇妙な興奮がこみ上げてくる。

岐ノ瀬はことのほかゆっくりとパンツのジッパーを下ろしてやった。

ちりちりと、二人の呼気にまぎれて鳴り響く音が、ひどく卑猥だ。

前を押し広げて、岐ノ瀬はそっと津堂のものを取り出した。さして明るくない部屋の中で、くったりと手に触れる性器の陰影に、背徳感が煽られる。

少し膨らんだそれは、指先で握り込んでやると、ぴくりと跳ねてさらに力を帯びた。

身じろぐ津堂の腰つきがいかがわしくて、岐ノ瀬はもっと彼を気持ちよくしてやりたくなってくる。すると不思議なもので、同じ男のそれなのに、なんだってできるような気になった。

そっと、津堂のものの先端に口づけると、頭上で津堂が息を飲んだのが聞こえる。

可愛いな。なんて思いながら、岐ノ瀬はその口づけを先端に、張り出したエラに、竿《さお》に、ついばむように繰り返した。

手の中で、津堂のものがあからさまな硬さを帯びる。

脈動に、指先が犯されているようだ。

「ん……」

舌を伸ばして、岐ノ瀬は根本から先端へと、細く舐めてみた。

とたんに、津堂の腰がわななく。

自分だってされたら気持ちいいんだ。津堂だって気持ちいいのだろう。と思うとますます興奮して、今度はもっと幅広く、舌を押し付けてやる。

薄く張り詰めた皮膚と、独特の熱を味わいながら、ねっとりと舐めていくと、触れられていない岐ノ瀬の股間までじんと熱が集まった。

むくむくと頭をもたげる津堂のものがそそり立つのに、そう時間はかからない。

くびれた箇所を指で包み込むと、岐ノ瀬は赤く膨らんだ先端に貪りついてやった。ぱくぱくと開閉していた鈴口が、舌でくじいてやったとたん震えて透明の液体をこぼしはじめる。すすりとると、また奥からにじみ出てきて、津堂がうめいた。

「はっ、岐ノ瀬、あんたは弁当は食ってくれないのに、そっちは食うんだな……」

「だから、弁当も食ってやるって……お前が俺のために作ってくれたんだからな」

言って、岐ノ瀬はいっきに津堂のものを飲みこんだ。

あ、と頭上から声が振ってきて、津堂の背中が揺れる。頭を掴もうと触れてきた指先が、一瞬戸惑い、すぐに撫でるように力が緩んだ。

犬を撫でるのとは少し違う、健気《けなげ》な仕草が可愛くて、岐ノ瀬はいっそう津堂の欲望をあおるべく自ら頭を振って見せた。

たっぷり唾液を絡みつかせ、舌を押し付けながら抜き差しを繰り返す。歯があたらないようにするのは少し大変だったが、口の中で心地よさそうに脈動する陰茎の舌触りに岐ノ瀬の欲望もうずいていた。

根本を支えて、ゆっくりと陰茎を飲みこむ。先端を上顎でこするように頭を沈めていくと、津堂が腰を揺すった。そのせいで喉の奥を小刻みに性器に突かれてしまうが、なんとかえずくのをこらえ、岐ノ瀬は頬をすぼめてみせた。

「は、ぁっ……岐ノ瀬、これはちょっと、やばいかもしれん……」

「ん、んー？」

そうか？　とばかりに喉をならし、岐ノ瀬は今度はゆっくりと陰茎を引き抜いていった。唇をこするその感覚に、はからずもあの朝の情交を思いだし、岐ノ瀬の後孔がひくついている。誰かにそんなはしたない体の反応がばれてしまいそうで、岐ノ瀬の頬も気づけば羞恥と興奮に上気していた。

唾液の粘度が増している。

そして津堂のものからあふれ続ける先走りの体液が岐ノ瀬の顎を汚している。

限界が近いと感じながら、再び津堂のものを飲みこんだそのときだった。

ぬるりと、先端を舌でおしつぶすようにして津堂のものを迎え入れると、津堂の手が岐ノ瀬の肩を摑んだ。岐ノ瀬の手の下で太ももが震え、あ、と思ったときには、岐ノ瀬の口腔に生温かいものが流れ込んできた。

「んっ、んむ、ぅっ」

「う、ぁっ……」

短いうめき声とともに、津堂が腰を震わせる。膨らみきった陰茎から、これ以上我慢できないと言いたげな勢いで欲液が迸《ほとばし》ったのだ。

思わず口でそれを受け止めたものの、初めてのことでさすがに飲み下せず、岐ノ瀬はそれを頬張ったまま津堂を見上げた。そんな岐ノ瀬の口腔から自分のものを抜きだしながら、津堂は甘い吐息をこぼしている。

「はぁ、はっ……わ、悪い岐ノ瀬。大丈夫か」

「んー」

まあ、大丈夫だ。と言いたいが言っては口からいろいろとこぼれるな。と思い鼻で返事をすると、津堂は苦笑を浮かべて両手を差し出してくれた。

「ほら、ここに吐いてくれ」

言われるがままに、唇を開くと、どろりとしたものが岐ノ瀬の舌を伝ってこぼれ落ちる。

いつも動物たちに優しく接する、あのちょっとばかり好みの大きな手に、とろとろと津堂の欲望が液溜まりになる様に、岐ノ瀬は自分の本音をまざまざと見せつけられたような気になる。

津堂にしょげた顔のままでいさせたくなかった。弁当を作ってくれたと知って嬉しかったし、結婚式に呼んでくれない弟なんかよりも、自分のことを見てほしかった。

津堂の熱が上がるたびに岐ノ瀬の熱も上がり、そして溶け合いたくなる。

深い場所からこみ上げてくる、津堂の興奮を独り占めしたい自分を、岐ノ瀬はついに自覚したのだ。

もっと溶け合いたい。

欲液を受け止めてくれた津堂の手の平に触れるだけのキスをすると、彼の指先は震えた。津堂もまた、岐ノ瀬だからこそ興奮してくれたりしているのだろうか。

期待は色濃くなるばかりで、岐ノ瀬は今ならなんでも言えるような気になって顔をあげた。

しかし、目があったとたん、喉元までせりあがっていた言葉は消えてしまう。

津堂の瞳は、いつものようにとてもまっすぐで、優しい光をたたえていた。

あの、普段動物に向けている瞳だ。特別な相手は、何も自分だけではないのだと、今さらのように思い出したとたん、岐ノ瀬の甘い期待は嘘のようにしぼんでいった。

きっと、自分は津堂の優しさをはき違えている。

この甘くて暖かい時間に酔っているだけだ。けれども、早く酔いを覚まさなければいつか自分は「動物と俺、どっちが大事なんだ」なんて陳腐なことを言って、津堂を困らせてしまうかもしれない。まるで、恋人にでもなったような態度で。

そんな未来を想像して羞恥に襲われると同時に、岐ノ瀬は少し怖くなった。このまま津堂のテリトリーに奥深く踏み込めば、いつか彼に嫌われるようなことをしてしまいそうだ。

そう気づいたとたん、岐ノ瀬は慕情を吐き出す気を失ってしまった。

その代わり、曖昧《あいまい》な関係のまま、この慕情の中にもう少し浸っていたい。そんなことを思ったとき、唐突に電子音がロビーに響きわたり、岐ノ瀬はびくりと体を震わせた。

自分の中の欲深い懊悩《おうのう》を第三者に見られたような焦燥感を覚えて、慌てて立ち上がると口を拭《ぬぐ》う。

一方津堂も、驚いた様子で手近なタオルで手を拭くと、ソファーに置きっぱなしだったらしい携帯電話を手にとり、通話ボタンを押した。

電話の音だったのか。と思い胸を撫でおろすと同時に、こんな深夜に？　という疑問が、岐ノ瀬の体から興奮を冷ましていった。ただし、ちりちりの胸の中でその姿を見せた慕情の嵐だけはそのままに。

「部屋は暖めておいてください。すぐに行きます」

何があったのか、津堂は深刻な声音でそれだけ言うと立ち上がり、そばの流しで手を洗うと診察室に向かっていった。そして、鞄《かばん》を持ってすぐに戻ってくる。

「急患か？」

尋ねると、津堂は今さら自分たちの状況に気づいたらしく、申し訳なさそうに眉を八の字にした。

あんなことしておきながら、俺のことはすっかり忘れていたのかと思うと、なんだか津堂らしくて、岐ノ瀬は自分の懊悩が子供っぽく思えて苦笑を浮かべた。

「ああ、田村さんところの猫が産気づいて。ずっと調子がおかしかったんだが、難産どころじゃなさそうでな。岐ノ瀬、その……」

気まずげな津堂の声。本当はすぐにでも猫のために飛び出していきたいだろうに、岐ノ瀬を放ったらかしにすることを悪いと思ってくれている。それだけで、津堂にとって特別な存在になれた気がして、岐ノ瀬の漣《さざなみ》だった胸のうちは静かに凪《な》いでいった。

「いいから早く行ってこい。俺だって今、事件の電話が来たら飛び出してるさ」

にやりと笑い、岐ノ瀬は津堂に近づくと、その股間に手を伸ばした。

驚いた津堂の視線の先で、岐ノ瀬はそのジッパーを無理やりあげてやる。

「変態先生とか言われたくないだろ。気をつけろよ」

「お、おお。危ないとこだったな。助かった！」

忙《せわ》しなくガラス扉にあるカーテンを開け、扉も開けると、まだ夜になると冷え込む外気が流れ込んできた。その中に、薄着に白衣姿のまま、津堂は迷いなく飛び出す。

しかし、すぐに出発せずに扉に何か貼ろうとした姿を見て、岐ノ瀬は声をかけた。

「張り紙の準備なんかいいだろ。なにかあったら、俺が応対くらいしてやる。ややこしそうならお前に電話すればいいよな？」

どうしてか、津堂には甘くなる。そんな自分を自覚しながら提案すると、津堂は神妙な顔つきになった。何かに誘われるように、その手がおずおずと岐ノ瀬の頬に近づいた。

だが、すぐに我に返った様子で手を下ろす。

「悪いな岐ノ瀬。甘えさせてもらう。この借りはかならず返す」

「いいよそんなもん。さっさと行ってこい、猫が待ってるぞ、ドクター」

深くうなずき、津堂は外へと駆け出した。

その瞬間、垣間見た横顔はひどく真剣で、凛々《りり》しい。

やはり津堂のこの顔が自分は、好きだ。

かつてカシスを相手にはっきり言えなかった言葉を胸のうちでつぶやくと、岐ノ瀬はため息をついた。

動物相手に、こうして真剣な顔を見せる津堂に岐ノ瀬は惹かれたのだ。こんなときに、猫のために駆け出していける、そんな津堂を格好いいと思いながら見送れる今の関係が、きっと自分にはちょうどいいに違いない。

そう、自分に言い聞かせる岐ノ瀬の胸のうちは、何かちくりと刺さったような違和感があった。

津堂の背中が見えなくなっても、岐ノ瀬はしばらく外を眺めていた。まだ、体に津堂の熱が残っている。舐められた指先がじんじんと、痺れたような感覚だ。

その、けだるさの残る手でようやく入り口のカーテンを閉めると、ため息をついて再びソファーにへたりこむ。

テーブルには、まだ例の「お弁当」の食材が転がったままだ。

そういえば、津堂はなぜ急に、岐ノ瀬のためだなんていって弁当作りをしていたのだろう。

首をかしげていると、受付の奥から何か物音が響いた。

一瞬呆《ほう》けたのち、岐ノ瀬は息を飲んで居住まいを正す。

この病院に寝泊りしている理由を忘れるはずもない。一瞬にして、欲望に震えていた体に刑事としての血が戻ってきた。

ジェシカは二階のいつもの部屋。侵入者がジェシカを探しているのならば、必ず診察室のさらに奥に向かわねばならない。病院の見取り図を頭に思い浮かべながら、岐ノ瀬は足音を潜ませて、受付カウンター下に向かった。

津堂の仕事に向かう姿にうっとりしている場合ではない。憧れるあの姿に、自分も負けてはいられない、と気持ちを新たにすると、岐ノ瀬はポケットの中の携帯電話に触れる。

ワンコールのみの呼び出しは、同僚への合図だ。

自分は今どんな顔をしているだろう。さっき病院を飛び出していった、津堂のような表情になれているだろうか。

そう思った瞬間、岐ノ瀬の緊張感に水をさすような音が静かな病院に響き渡った。

カリカリカリカリカリ。

何かが、扉をひっかくような音。

やはり受付の中だ。あまりに緊迫感のない音に、岐ノ瀬はひとまず携帯電話を仕舞うと、そっと受付の窓から、中を覗き込んだ。

暗がりの中に、確かに蠢く影がある。人間にしては小ぶりだが。

「モモ……何してるんだお前」

岐ノ瀬の声に、カリカリという音はぴたりとやんだ。その代わり、チャカチャカといつもの足音が鳴ったかと思うと、黒い影が近づいてきた。

なんのことはない。誰か侵入しただなんて大層な話ではなく、モモが診察室側の扉をひっかいているだけのことだ。せっかく高まった集中力がいっきにほどけ、岐ノ瀬は一気に疲労を感じて受付カウンターに寄りかかった。そして、手を伸ばして受付内部の電気をつけてやる。

「おはようございます」

「まだ夜だ。なんだモモ、なんか、起こしちまったか?」

そういえば、モモの寝床は受付の奥か二階だ。本人の気分の問題らしいが、今日は受付で寝ていた。

もしかして、さっきのやりとり、聞かれていたかな。

と、ジェシカ相手のときとは違う冷や汗が岐ノ瀬の背中に流れるが、モモのほうはどこかいつもよりふわふわとした口調だ。

「お部屋に上がろうとしました。でも、ドアが開きません」

「ロビーのドアは反対だぞ」

「……!」

そんな、バカな。と言いたげな顔をしてモモは双方向の扉を見比べ、まるで岐ノ瀬が悪いといわんばかりの態度でこちらを見上げてきた。

「ひどいです」

「いや、俺のせいじゃねえだろ。寝ぼけてんのか」

「寝ぼけてません。でも、ドクターの匂いなくなったからびっくりして起きました。ドクター、います か?」

「そんなことまでわかるのか。すごいなお前。ドクターなら田村さんとこのブチ猫のお産に出かけていったぞ」

「田村さん!」

納得したのか、岐ノ瀬の返事に一つ吠えると、モモはぐっと伸びをした。そして、今度は間違えずにロビー側へと出てくる。それにあわせて、岐ノ瀬もソファーに戻るとへたりこむ。

足元によってきたモモは、いつもほど拗ねた雰囲気ではなかった。

「お産ででかけると、ドクターはとっても帰りが遅いです。時計の針、いっぱいまわりますよ」

寂しげに言うわりに、モモは顎をテーブルに乗せて興味深そうに散らかった食材を見つめている。食いつかないあたり、行儀のいい犬だ。

せっかくなので、皿の中からブロッコリーを取り出し、岐ノ瀬はモモにやった。

「じゃ、ゆっくりドクターのお帰りを待ってようか。ほら、ドクターが手ずから切ったブロッコリーだ」

「ありがとうございます。いっぱいありますね」

「だなあ。俺に弁当作ってくれる気だったらしいけど、何考えてんだか」

「べんとう？」

ブロッコリーにまとわりついていたご飯を口に放り込みながら、岐ノ瀬は「弁当はあれだ、餌の一種だ」と適当に答える。しかし、モモはその返事に納得したようで、ブロッコリーをかじりながら、なおも皿の中のものに釘付《くぎづ》けになっている。

「腹減ってんのか」

「そんなことはありません。おなか減ってるのはあなたのほうです。ドクターが餌を用意するくらいですからね」

「なるほど、毎日の犬猫のご飯の準備のついでに、俺の飯の準備ってわけか。ってなんでだよ。あいつはわけがわかんねえなあ……」

「……あなたはドクターと仲良しですか？」

「なんだ、急に」

ブロッコリーをかじりながら、モモがこちらを見上げてくる。

その黒い瞳は、なんだか物問いたげだ。

「あなたがどうしてもというなら、ドクターをお嫁にあげてもいいんですよ」

「はあっ？　いらねえよ。つうか、なんでお前が保護者顔してんだよ……」

「いりませんか。ドクター、あなたがいるととっても楽しそうだから、私が我慢してあげようと思ったんですが」

「……なんだ、あいつ、俺と一緒だと楽しそうか？」

「はい」

「そ、そうか……」

「なんですか。だらしなくへらへらしてます。結城《ゆうき》さんちのブルドッグさんみたいです」

「今度結城さんちのブルドッグに会ったら、お前がいつもへらへらしてだらしないって言ってたって伝えておくよ……っていうかなんだよ我慢してあげようって。モモは何か、俺がそんなに嫌いか」

「はい」

「……」

ちょっと傷ついた。俺も、お前のことなんか嫌いですし。とは言えず、岐ノ瀬は無言でご飯粒をかみ締める。

津堂を嫁にすすめられてしまったが、この気持ちはなんだろう。いらねえよ。と思っているのに、なんとなく、くすぐったい気持ちは。

ブロッコリーを噛みながら、モモが大きく口をあけた。眠たいらしい。

「ドクター、遅いですね」

「遅いなあ。……まだ十分も経《た》ってないけど」

モモの寂しさに、しみじみと同意しながら過ごす、一人と一匹の夜は、津堂の話題につきない長い夜となったのだった。


犬猫のよく聞こえていそうな聴覚が、今はとてもうらやましい。

そんなことを考えながら、岐ノ瀬はぴたりと目の前の扉に寄り添い、耳をへばりつかせていた。中から聞こえてくるのはダミ声が三つ。

「俺、お前の度胸だけは見習いたくねえわ……」

係長の言葉に、岐ノ瀬は傍らに立つその男に「しっ」と言って指を立ててみせた。

場所は羊歯《しだ》署内の最上階。しかも廊下。

岐ノ瀬が聞き耳を立てている扉の向こうは、何を隠そう羊歯署署長室である。

「平刑事が署長室に聞き耳って。お前さん怖いもんないのかよ」

「人にいきなり、ジェシカの監視やめろ、なんて指示だした連中の密談を立ち聞きして何が悪いんですか」

「悪い。っていうか、あんなにジェシカの監視嫌がってたくせに、監視止めろって言われたら止めたくないとか、お前さんはあれか、天邪鬼《あまのじゃく》か」

岐ノ瀬が羊歯署から急に呼び出しを受けたのは朝一番のことだった。無事子猫が生まれたといってご機嫌で帰ってきた津堂と入れ替わりに駆けつけるはめになったので、モモやジェシカの散歩にも同行できていない。

あわただしい一日の始まりに不穏なものを感じながらも、署に到着した岐ノ瀬を待っていたのは、ジェシカ監視及び張り込みの命令解除だった。

急に言われても納得できるはずがない上に、なら次ジェシカが狙われたらどうするのだと詰め寄ると、みんな困った顔をするばかり。

そして岐ノ瀬は、その命令の発信源が署長室にあることを知り、こうしてやってきたのである。

「中から聞こえるダミ声二つは聞き覚えがあります。豚が鳴きながら懺悔《ざんげ》してるようなあの声は署長ですね」

「豚に失礼だなあ、岐ノ瀬くん」

「となると、最後の一つ……渋くて命令しなれてて金に困ったことのないライオンみたいな声が、津堂のじいさんですか」

「偏見に満ちているなあ岐ノ瀬くん」

署長室にいるのは、まさにこの面倒ごとを知能犯係に押し付けてきた署長本人と、刑事課の課長。そしてなんと、医師出身の市議会議員、津堂の祖父だ。

その津堂の祖父とおぼしき声が、居丈高に扉の向こうから聞こえてくる。

『誰がそこまでしろと言ったかね。小鳥のために、捜査員が泊りがけで警備とは、税金の無駄遣いだ！　だいたい、そんな特別扱いをされたら、まるで津堂家が警察を顎でつかってるみたいじゃないか。イメージダウンもはなはだしい！』

『いや、そうはおっしゃいますが津堂議員。ここは現場判断ということで……』

『大方、最初の捜査不備の不祥事を、これで大目にみてもらおうと思って媚《こ》びへつらってるんだろう。みっともない連中だ。今すぐ孫の病院からは捜査員を下げさせろ。近所で噂《うわさ》になったらことだからな！』

『は、はいそれはすぐに。もう、捜査員も署に呼びつけておりますので……』

「くっ、あのコメツキバッタ署長め……」

つい怨嗟《えんさ》の声を吐きかけたが、係長になだめられ我に返る。

しかし、まさか本物の津堂議員のお越しとは。それも、ジェシカ監視の件で。

もっともらしいことを言っているが、ようは世間体が悪いと言いたいらしい。

愛人にあんなでかい家を与えていた世間体は悪くないのだろうか。

偉い人間の考えることは岐ノ瀬にはよくわからない。その代わり、偉そうに吐き出す身勝手な理屈には怒りが湧く。

別に、決してこんな勝手なじいさんに津堂が萎縮《いしゅく》している事実に、腹を立てたりしているわけではない。そんな言い訳めいたことをかすかに考える岐ノ瀬の耳に、刑事課長の声が届いた。

『お言葉ですが津堂議員、知能犯係がわざわざ一人、お孫さんの病院にいる動物の監視にあたっているのは、仕事に必要だと彼らが判断したからです』

『ふん、捜査だなんだといいながら、動物病院に入り浸って何をしているやら。犬猫相手にでれでれ相好崩して、にゃんにゃん言いながら過ごしていたに違いない』

『そこはご安心ください』

頼もしげな課長の声が、やけに近くで聞こえた。と思いきや、突然扉が開いて、もたれる格好になっていた岐ノ瀬はたたらを踏んだ。

開け放たれた署長室へ、三歩ほど踏み入って、ようやくその場に留まると、岐ノ瀬は恐る恐る顔をあげた。目の前にある応接セットに、署長と選挙ポスターで見たことのある男が座っている。ゆっくり後ろを見やると、何食わぬ顔で課長が扉を開いており、係長が可哀想なものを見るような顔をして、廊下からこちらを覗きこんでいる。

課長がこともなげに言った。

「羊歯署随一の動物嫌いの岐ノ瀬巡査部長です。動物病院だからといってでれでれキャバクラのような過ごし方をすることはないでしょう。病院での監視活動は、彼の担当です」

いつの間に、そこまで自分の動物嫌いが周知されているのかと岐ノ瀬は青くなった。津堂の耳にでも入ったらきっと悲しげな顔をされるに違いないからやめてくれ。と都合のいいことを考えながらも、岐ノ瀬は観念して居住まいを正すと敬礼した。

その姿を、津堂の祖父がうさんくさげに見上げてくる。

津堂議員のまとう空気は、津堂のそれとはまるで違っていた。人を従わせる生物として生まれてきたのだろうと思わせる威圧感。薄い白髪を後ろに撫で付けた小柄な姿は、右手に杖を持っていてもどこか力強く見える。

「聞き耳か、優秀なことだ。さぞや、有意義な捜査報告が聞けるんだろうな」

気圧されながらも、岐ノ瀬はよりにもよって、事の発端たるこの男に文句をつけられるのが気に食わず、硬い声でやり返した。

「部外者の方にお話できる捜査報告はありませんが」

「……」

署長が、うんうんとうなずいた。偉くなって一発殴りたい態度である。

しかし、津堂の祖父の表情は変わらない。

「お前、私が誰かわかってるのか」

「……津堂動物病院の敷地の大家です」

その可愛げのない返事に、ようやく津堂議員の顔色がかわる。ぽかんとした表情からは、威厳よりもただの老人の愛嬌《あいきょう》が見え隠れしていた。

「なんだ、あいつそんなことお前に言ってたのか。気難しい奴で、あまり人とうまくいかんようなんだが……」

「岩村看護師の報告ですか？」

「ふん。あいつの人間嫌いのせいで、こっちはさんざん迷惑をかけられてるんだ。彼女の報告は事前対策だよ。それが、長期休診なんかしとるときに限って、空き巣だの捜査官だの。つくづく、あいつと津堂家は相性が悪い」

そんな言い方ないだろう。と思ったが、喧嘩を売るわけにもいかない。それでも言わずにはいられないことだけ、岐ノ瀬は指摘した。

「空き巣が入ったり、捜査官が入り浸るような事態になっているご家族を、少しは心配してさしあげてください」

「心配？　あんなに、獰猛《どうもう》な動物がたくさんいるところにいて、何が怖いもんかね」

「津堂議員は動物嫌いだとお聞きしましたが、獰猛だと思ってらっしゃるのですか」

「噛むだろう。そういうのを獰猛ってんだ」

じいさんは動物嫌いでね。と言った津堂の寂しそうな横顔を思い出しながら、岐ノ瀬はふと違和感を覚える。噛まれたことがあるのだろうか。なら、さしもの津堂も祖父の動物嫌いの根本を理解できる気がするのだが。

「津堂議員、犬に嚙まれたことは？」

「ある」

「その話を、お孫さんになさったことは？」

「そんな話、動物好きの人間にするわけがないだろう！」

また怒ってしまった津堂議員に、許される立場であれば岐ノ瀬のほうが「まぎらわしいんだよじいさん！」とばかりに怒鳴りたい気分だった。

何か津堂家には、大量のすれ違いの歴史が積もっている気がしないでもない。

「とにかく、孫の病院に入り浸りだなんて仕事のうちに入るか！　今日にでも引き払いなさい。長期休暇中の民間人の家を間借りだなんてデリカシーのない。その、空き巣の狙った鳥の飼い主とかいうわけのわからん犯罪者をさっさと逮捕せんかい。まったく」

「デリカシーって……」

人間嫌いの孫が、一人で長期休暇中。その邪魔をするなと言っているような気になるのは、飛躍しすぎだろうか。なんとなく、彼の言葉選びに違和感を覚え、岐ノ瀬は視線を泳がせた。

誰かに似ている。まったく似ていないが、どこかしら……。

「津堂議員、失礼ですが、それはお孫さんのことが大変心配だから、あまり身辺騒がせないよう早く犯人捕まえてやってくれ。ということでしょうか？」

なるべく嚙み砕いて尋ねると、ぎろりと津堂議員がこちらを睨んだ。

その眼光に、自分が睨まれているかのように署長がうつむいてしまうが、今はそのたよりない背中もどうでもいい。

どうせまたろくでもない言葉選びをするのだろう。そう思って構えていた岐ノ瀬に、津堂議員が答えた。

「さっきからそう言っとるだろ！」

「言ってたっ？　言ってましたっけ？　なあ岐ノ瀬くん言ってたかな、耳遠くなったかな私！」

そんなバカなといって立ち上がった署長がうるさい。

しかし、その気持ちがわからないでもなかった。

思えばもはや懐かしいこととなってしまったが、津堂と初めて会った頃も、彼の言葉は理解に苦しんだ。あの頓珍漢な返事の数々は、どうやら遺伝だったらしい。

たまらず、岐ノ瀬は深いため息をつく。安堵《あんど》と呆れが入り混じったため息だ。

その傍らで、係長がようやく上層部の話題に口を挟んだ。

「津堂先生、捜査員は、動物病院から退去させます。それでご満足いただけますか」

「ちょっと、係長……」

嫌ですよ、まだジェシカも津堂動物病院も危険にさらされています。と言おうとした岐ノ瀬を制して、係長は続けた。

「ただし、津堂病院近辺で、車内からの監視などは行います。我々には我々の仕事がありますので、それ以上の口出しはご遠慮ください」

「大げさな。最初に病院に侵入したとかいう奴を捕まえればいいだけの話を、たらたら捜査しとるから……」

「我々は盗難未遂事件の捜査員ではありませんので、あしからず。戻るぞ岐ノ瀬」

いざというとき頼りがいあるところを見せられてしまうと、岐ノ瀬としても黙らざるを得ない。まだ津堂議員への不満はわだかまっているが、それよりも津堂へ、今日からはもう泊ることができないことを伝えねばならない事実に気が重くなる。当然だ。ただの間借りだったのだ。そう自分に言い聞かせるが、沈む気持ちは止まらなかった。

別に、会いたければ普通に会えばいい。けれども、仕事でなくなってしまえば、津堂に会う理由などもうどこにもないような気がした。

二度も、肌を触れ合わせておきながら、自分と津堂の関係に名前をつけられない事実に今更ながら愕然とする。

頭を下げて、とろとろと係長の背を追おうとすると、ふいに津堂議員に呼び止められた。

いやいや振り返ると、相変わらずの不機嫌顔がじっとこちらを見つめている。

「巡査部長、どうだね、君はあれか、少しはあいつと世間話なんかはするのかね」

「しますよ。あいつの話は、津堂先生そっくりですね。要領は得てるんだが言葉が足りない。

祖父孫そろって、人から誤解されやすいでしょう」

おい、岐ノ瀬。と上司らに叱声《しっせい》を受けるが、津堂議員は気にせず続けた。

「だったらうまいこと、弟の結婚式に出るよう説得してくれんか。もしうまくいったら、お前の警察官人生に融通を利かせてやらないこともない」

「……なんですって？」

後半のほのめかしよりも、頼みごとの中身のほうが気になって岐ノ瀬は食いつきそうになった。しかし、そこに慌てた様子で署長が割って入ってくる。

「ほらあ津堂先生、また融通利かせてやるとか怪しげなことおっしゃるでしょう！」

「何が怪しいんだ。融通利かせてやるから利かせてやるといっとるんだ。怪我《けが》の多い仕事だろうから、うちの病院に運び込まれたら個室にしてやるぞ？」

「普通の人は融通とか言われたらもっといいもの欲しがるんですよ！　ちょっと先生、膝つきあわせて話しましょう。私も今まで、いろいろ勘違いしていらない仕事やってる気がするんで是非。ああ、岐ノ瀬くんはもういい、下がりなさい。今の融通話は聞かなかったことに、わかったな！」

せかされるようにして署長室から追い出されたあとも、岐ノ瀬は呆然《ぼうぜん》としていた。

津堂家というのはわけのわからない連中ばかりだ。しかしそれよりも、津堂の祖父の言葉が引っかかる。

「弟の結婚式に出席しろ？　そんなもん、自分たちで招待すればいいじゃないか……」

振り返ったものの、署長室の扉は固く閉ざされたまま。あーとかうーとか、そんなあ、とか署長の情けない悲鳴が聞こえてくるばかりだ。

いつまでたっても追ってこない岐ノ瀬に、業を煮やして係長が戻ってきた。

「おい岐ノ瀬。お前なんだ、署長室気に入ったのか？」

「ま、まさか。それより係長、本当にこのまま、津堂病院から引く気ですか」

「言っただろ、車から監視する。何、むしろいつも通りの監視作業になって、体は辛《つら》いが気は楽だろう」

ええ、まあ。と曖昧にうなずきながら、岐ノ瀬は歩き出すと携帯電話をポケットから取り出した。さっさと歩いて行ってしまう係長の背中を目で追いながら、津堂動物病院の電話番号にコールする。

泊らないこともさることながら、どうしても弟の結婚式の件が気になり、早く確認をとりたかったのだ。本当に津堂は、招待されていないのかどうか。

津堂はなかなか電話をとらない。手がふさがっているのかもしれないと思いながら、八コール目で諦《あきら》めようとしたとき、ようやく繋がる。

しかし、岐ノ瀬が何か言うより早く、電話の向こうから激しい怒鳴り声が聞こえてきた。

『ドクター！　誰ですか！　お電話誰ですか！』

モモらしからぬ怒鳴り声に、きっとはたから見たらえらく吠えてるんだろうな。と驚いていると、弱り果てた津堂の「モモ、静かにしてくれよ」という声が聞こえてきた。

「おい、ドクター。何があったんだ？」

『ああ、いや』

言いよどんでだいぶたってから、津堂は続けた。

『ちょっとな。悪いんだが今立て込んでるんだ。またあとで、俺のほうからかけなおすよ』

「え？　あ、おい、ちょっと……」

呼び止めようとする間も、モモの声はずっとこちらまで届いてくる。

『岐ノ瀬ですね！　岐ノ瀬、早く帰ってきなさい！　ドクターが危ないです。怖い人います。早く帰ってきなさいキノ……っ』

わけのわからない言葉の羅列に岐ノ瀬が唖然《あぜん》としているうちに、電話は一方的に切られた。

慌てて、岐ノ瀬は電話のディスプレイを見る。間違いなく津堂にかけた電話だ。

ちりちりと、岐ノ瀬の頭の奥で危険信号が明滅した。津堂らしからぬ返事と、そしてモモの言葉……。

「怖い人って、まさか……」

一人ごちると、じわじわと岐ノ瀬の中に異常事態の実感が湧きはじめた。

考えられる可能性は唯《ただ》一つ。

「係長、緊急事態です！」

係長が振り返るのも待たず、岐ノ瀬は駆け出していた。


動物病院に駆けつけると、明るい日射しの中、長期休診のお知らせとともにしっかりカーテンの閉ざされた建物は、まるで無人のような静けさに包まれていた。

あまり近くに車を置いてあると、不審に思われるかもしれないからと、いったん係長が車を置きにいった。その間に、岐ノ瀬はゆっくりと外から見慣れた病院を観察する。

そうしてから、自分がこの病院に寝泊りするはめになった事情を思い出し、岐ノ瀬は背後の邸宅を振り返った。

美野の屋敷は、相変わらずカーテンがしっかり閉められたままで、ポストは満杯になって新聞が門扉《もんぴ》の下にまで置かれている。

美野が仲間に、ペットについて何を語っていたのかは知らないが、執拗にジェシカを狙いにくるのだから何かあるのだろう。そして今回、いったいどんな実力行使に出たのか。

無事でいてほしい。という願いだけを胸に、岐ノ瀬は通行人ぶって病院の入り口に近づいた。

見慣れた張り紙が貼ってある。

——数日間不在にしております。緊急の方は近隣他医院をご利用ください。津堂動物病院院長。

岐ノ瀬は青くなった。ただの、部外者を追い払うための口実ならいいが、本当にどこかに連れていかれていたら……。

だがそのとき、自分の名前を呼ぶ声がして、岐ノ瀬はあたりを見渡した。誰もいない。いや、視界の低い場所から、気配がある。建物の脇《わき》に止められた病院のワゴン車に向かうと、車と建物の狭い隙間に、ようやくいつもの黒い毛並みを見つけて岐ノ瀬は胸を撫でおろした。

「モモ、無事だったか！」

「岐ノ瀬、遅いです」

小声でうなったモモは、散歩の時間でもないのにリードをつけられ、近くの蛇口にそれは縛られていた。短く繋がれたリードのせいで、身動きとれずに苦しげだが、モモは気丈だ。

「岐ノ瀬、ドクターが大変です。怖い人がいます」

「わかってるから落ち着け。とりあえずお前のリードをはずしてやるから」

「男です。男が一人、病院に入ってきて包丁みたいなのを取り出したんですよ。ジェシカがとっても怖がってました」

「男は一人なんだな。仲間はいなかったか？」

「いません。あの匂いは岐ノ瀬、覚えがあります」

毅然《きぜん》として語るモモのリードをほどいてやり、岐ノ瀬は答えた。

「こないだ、犬舎に押し入った奴か」

「はい。臭かったです！　でも、ドクターは臭い人の言うことを聞いてます」

「包丁持ってるからだろう。あれは危ない」

「なるほど」

うんうん、と納得したようにうなずくと、モモは足早に病院の入り口に向かう。慌ててその尻尾を追うと、果敢にもモモは院内に入ろうとするではないか。

思わず抱きついて止めると、モモが吠えた。

「怖気《おじけ》づきましたか岐ノ瀬」

「まさか。そうじゃなくて、あとは俺に任せろモモ。怖くて臭い奴は、俺がやっつけてやるから」

「いやです。モモがやっつけます。モモのドクターですよ！」

柄にもなく牙《きば》をむく柴犬に、岐ノ瀬は懐かしいものがこみ上げてきた。

頼もしい子だ。そしてその心のままに本当に犯人に向かっていくだろうと思うと、恐ろしくなってくる。

「駄目だモモ、お前に何かあったら、ドクターが悲しむ」

「む……」

「お前、さっき俺が電話したとき、病院の中にいたんだろう。俺にドクターが危ないって伝えたくて、いっぱい吠えたら怒られて追い出されたんじゃないのか？」

腕の中でモモが大人しくなった。いつもはピンとたっている耳は、へにゃりと角度を下げる。

「蹴《け》られたりしてないだろうな」

「……ドクターが、私を外に追い出すから何もしないでくれと言うので、私は追い出されました」

「そっか」

岐ノ瀬はそっとモモに手を伸ばした。そして、おそるおそる、小さな頭を撫でてやる。

懐かしい感触だった。

怯《おび》えて、岐ノ瀬に抱きついていたカシスを思い出す。カシスがあんな臆病《おくびょう》な奴でよかったと、今初めて思った。でなければ、モモのように勇敢に泥棒に向かっていって、怪我でもしていたかもしれない。

モモが、ドクターを助けたい気持ちに深い共感を覚え、岐ノ瀬はささやいた。

「大丈夫だモモ、お前の手柄をとったりしない。お前は頑張ったよ。お前があんなに一生懸命吠えたから、今からドクターは助かるんだ」

モモが、じっと岐ノ瀬を見上げてくる。黒い瞳が、きらきらと輝いていた。

「本当だぞ。だからお前はここで待っててくれ。頼むよモモ」

返事はないが、その代わりのように、モモは地面に下りると静かに岐ノ瀬の膝に頭をこすりつけた。とても大事なものをたくすような仕草に気持ちが引き締まる。

「モモ、ドクターとそいつは、今どこに？」

「診察室です。ぱそこん見てました。ジェシカも一緒です」

わかった、とうなずくと、ふいに背後から声がかかった。

「話、はずんでるねえ」

ぎょっとして振り返ると、いつのまにか係長が立ったまま自分たちを見下ろしている。

「か、係長！　お、遅かったですね……」

「金持ちの割り込みと戦っていたのだよ。お、モモちゃんじゃないか、今日も美人だなあ」

「こないだ来た人ですか？　モモは男です」

「それは失礼。じゃあ、今日もイケメンだな。どうだ岐ノ瀬、病院の様子は」

ひとしきりモモに愛想を振りまいたわりに、こちらを見たときの係長の眼光はもう刑事のそれだった。その光に触発され、岐ノ瀬の緊張感も膨らむ。

「黒い服の男が一人、包丁らしきものを手に津堂院長を脅してるそうです。場所は診察室、九官鳥と一緒で、何かパソコンで作業中だそうです」

「そう」

どうやって調べたの、とは言わずに病院入り口に向かった係長に、岐ノ瀬はふと気づく。

「ところで係長、さっきモモの返事……」

「立派なふぐりが見えたから言い直しただけだ。さて、一人だけならなんとかなりそうだが、刃物がやっかいだな」

納得いかないが、今はそれどころではない。とばかりに、岐ノ瀬は宿泊中預かっていた合鍵を取り出した。

幸いガラス張りの病院入り口の開閉は静かなほうだ。ただ、カーテンの音にだけ気をつかい受付ロビーに忍び込む。とたんに、音楽が院内に響いていることに気づき岐ノ瀬はあたりを見回した。

聞き覚えのある曲だ。確か、ジェシカが毎朝歌っている曲。しかし、ジェシカの歌声ではなく、院内放送としてかけられている。

振り返ると、モモが心配そうにガラス扉に鼻を押し付けていた。

それに背を向け、岐ノ瀬は受付に忍び込む。係長は裏口に回ることになっているが、無事たどり着いただろうか。

受付のさらに奥が、第一診察室だ。第二診察室は今犬舎になっているから、津堂らがいるのは目の前の扉の向こうだろう。

そう思い扉に背中をはりつけると、確かに人の気配がする。

「また喋らなくなったじゃないか」

「俺でも緊張するんだから、鳥なんかもっと緊張するよ。君だっていきなり押し入ってナイフつきつけられたら、緊張しない？」

「余計なこと言ってんじゃねえよ、なんなんだよお前はよ！　それが緊張してる態度か！」

怒鳴り声には聞き覚えがないものの、どこか人を食ったようなけだるい口調は、確かに津堂のものだ。なるほど、暴漢が腹を立てるのが理解できるほど、いつも通りの態度。きっとあの面貌《めんぼう》にも怯えの色なんて見せていないに違いない。

だがそれでも、津堂が何も感じない男ではないことを、岐ノ瀬はよく知っていた。怯えているのか怒っているのかはわからない。けれども、動物たちの平穏な生活が乱されて、心痛めているに違いない。

早く助けてやりたくて気が急くが、それを抑えて岐ノ瀬はじっと時計を見つめ続ける。異様に、針が進むのが遅い。まだ二十秒しか経ってない。せめて一分、できれば二分。

係長とはさみうちにするには、合図を待たねば。

扉の向こうで、男の舌打ちの音が聞こえてきた。

「お前、本当にパスワード知ってるんだろうな」

「知ってるよ」

そのやりとりに、岐ノ瀬の胸に衝撃が走る。どういうことだ。

「この曲かけてたら、ジェシカが歌ったんだよ。この子は、歌にあわせて銀行の乱数表まで言えるんだ。かしこいだろう」

「お前のペットじゃねえだろうが、何自慢してんだよ」

院内に流れるのは、べたな愛の歌。

あなたが好きだから何かしてあげたい。あなたのことを考えてマフラーを編んだの、お弁当を作ったの、あなたの好きな歌も練習したから、今度カラオケに連れていってよ。あなたに会えると一日幸せ。笑ってくれると十日は幸せ……。

街中で耳にしたことはあるし、ジェシカが歌うからメロディも知っていた。けれども改めて歌詞を聴くのは初めてで、少し驚いてしまう。

少女めいたこの歌を、津堂はジェシカが歌ってくれるからCDはいらないと言わなかったか。なぜ、急に聴く気になったのだろう。

そんな疑問が胸に湧いたところで、手の中で携帯電話が一度振動した。係長からの合図だ。思考を切り替え、岐ノ瀬は携帯電話を仕舞うと、診察室の見取り図を頭に浮かべながらそっとドアノブに手をかけた。

診察室は狭い。そっと入って後ろを取る。というわけにもいかないだろう。だから思い切って背広を脱ぎ腕に巻きつけると、岐ノ瀬は躊躇《ちゅうちょ》なくドアを蹴り開けた。

「うわっ？」

開け放たれた診察室の中は、まるで診察するようにしてデスクにつく津堂と、その傍らで包丁を握ったまま立っている黒いジャンパーの男、という構図で、ジェシカはケージから引きずりだされて、津堂の肩に止まっていた。

その二人と一羽の視線が、一斉に岐ノ瀬に吸い寄せられる。

突然の乱入に、暴漢はぎょっとしたように悲鳴をあげた。刃物を握ったままの手は、驚愕に固まったままだ。

それをチャンスと見て取り、岐ノ瀬は迷わず二人の間に飛び込んだ。

「なんだよ、この野郎！」

さすがに我に返った暴漢だったが、それより早く、今度は犬舎側の入り口から、係長が飛び込んでくる。

「ハーゲ！」

興奮したジェシカが、翼を広げて鳴く頃には、男は刑事二人に地べたに引きずり倒されていた。

「おい、大丈夫か津堂！」

いつもの愛称も忘れて、津堂の名を呼ぶ。男の手からとりあげた包丁を遠くに投げ飛ばし、岐ノ瀬は汗に濡れた顔で津堂を振り返った。悠然と椅子に座るその喉に、こめかみに、汗が噴出しているのを見て、さしもの津堂も緊張していたようだ。と、思ったのも束の間、津堂はぱたりと机につっぷすとうめいた。

「岐ノ瀬、モモは無事か？」

やはり津堂はいつも通りだ。そう思うと、ようやく岐ノ瀬の胸にも安堵が広がったのだった。

事件があったのは朝だが、もう街は夕焼けに包まれていた。

三階の会議室から裏の駐車場へ、足早に進む岐ノ瀬の背後からは、うるさいほどの足音が追いかけてくる。それを知っていながら一切立ち止まらなかった岐ノ瀬は、駐車場に出たとたんその片隅に黒い毛玉を見つけて眉をしかめた。

津堂に頼まれ、事情聴取中モモを署まで連れてきていたのだが、婦人警官に可愛がられて今のところご満悦の様子だ。しかし岐ノ瀬の表情は、その姿を見ても険しいままだった。

「待てよ岐ノ瀬！　いったい、何をそんなに怒ってんだ！」

ようやく追いついてきた足音の主が声をあげると、遠い場所にいるというのに、モモは立ち上がって尻尾を揺らした。

その姿から視線をそらし、岐ノ瀬は観念して声の主を振り返る。

白衣を脱いで、シャツにパンツというシンプルな格好で署まできた津堂は、包丁を向けられていたとは思えぬ態度で事情聴取にもスムーズに答えてくれた。何もかも、余すところなく。

その光景を思い出し、岐ノ瀬はかっとなって津堂を睨みつけた。

「怒ってるんじゃない、津堂。俺は幻滅してるんだ」

「幻滅？　そりゃまた……怖い言葉だな」

「怖いのはあんただ。何考えてんだ、一人で美野のＵＳＢメモリを取りに行ってただなんて！」

自分で思っていた以上に、声は大きかった。あたりにいた人が数人振り返るが、岐ノ瀬は自分を抑えられずに唇を噛む。

そんな岐ノ瀬の激情を、津堂は相変わらず、理解に苦しむような顔で見つめてくる。

その無頓着さが、久しぶりに忌々《いまいま》しい。

暴漢を招きいれたのは、津堂の不用心だった。

岐ノ瀬が今朝署に呼び戻されたあと、津堂は美野の家に行ったらしい。

しょっちゅう美野宅には飲みに誘われていた。美野にとって目に入れても痛くないジェシカの主治医を、美野は他の人よりも信頼していたのかもしれない。酔ってはいろんなことを教えてくれていたという。その話の中で、ＵＳＢメモリの話もあったことを、岐ノ瀬がその話題を口にしたときから津堂は思い出していたのだ。

人を騙《だま》して海千山千の美野もまた、岐ノ瀬と同じように津堂の真正直さに気づいていたのだろう。仲間にさえ心を開かなかったやり手の詐欺師は、津堂に「俺に何かあったら、このメモリの中に金目のものがあるから、それでジェシカを最後まで世話してやってくれ」などと言っていたらしい。

津堂は、預かったままのガレージの鍵を使って、初めて美野に言われたＵＳＢメモリの保管場所を暴いたのだった。

なぜその話を今までしなかったのだと聞かれ、津堂はらしくもなく口ごもった。そして、おずおずと答えたのだ。

『ジェシカが可哀想で……』

美野のUSBメモリにはパスワードがついている。さすがにそれはそのまま教えてもらえず「賢いジェシカが教えてくれる」なんて言っていたらしいが、津堂はそのせいで、USBメモリが誰かの手に渡れば、パスワードのためにジェシカも取り調べを受けたりするのだろうと思い、黙秘していたという。

以前、津堂は岐ノ瀬に言った。俺だって嘘くらい、と。

あれは真実だったのだ。美野のUSBメモリなんて知らないという、浅はかな嘘。

津堂は何を思ってか、岐ノ瀬が不在の今日、一度USBを確認してみようとした。もし問題なく中身を開ける方法がわかれば、そのときはジェシカがパスワードを言えることは内緒にして、警察に届けようと思っていたらしい。しかしそんな津堂の不用意な美野家への訪問は、ジェシカをさらおうと画策していた詐欺グループ幹部の監視の目に、しっかり映り込んでいたのである。

そして暴漢は、今まさに、データもそのパスワードであるジェシカも、全て津堂の手元にあると確信して動物病院に侵入した。正体はわからないが、同居人らしき男がいなくなった隙をついて……。

「ジェシカが二度も狙われて、お前は自分の身辺が危ないと思わなかったのか」

事情聴取中の話題を思いだし、岐ノ瀬はまず思いついたことを非難した。

案の定、津堂は動物の話題を出せば、容易に己の非に気づいて顔を曇らせる。

「いや、少しガレージを見に行くだけじゃないか。だからつい……」

「……あんたは、本当に嘘が下手なんだな」

岐ノ瀬はそう言って唇を噛んだ。まるで舞台のセリフを棒読みするような津堂の言葉は、らしくない。

「津堂、あんたは、自分が何をしたかわかってるのか。USBメモリのあてがあるなら、俺に教えてくれればよかった。それなのに、全部無視して自分で取りにでかけたあげく、暴漢に襲われたんだぞ。わかってるのか、どれだけ危険な状況だったか」

「それは……」

「モモが、電話越しに吠えてくれなかったら、あんたはきっと美野の庭にでも埋められてた。あの暴漢が言ってたぞ？　消そうと思ってた……どうせ、一人暮らしみたいだしって」

さしもの津堂も、そのセリフに肩が揺れる。しかし、岐ノ瀬は止められなかった。

どうすれば、痛い目を見てくれるのかわからない。酷い言い方だが、そんな風に思ってしまう。

「ただ俺は、メモリが手に入ったら、あんたが喜ぶだろうと思って……」

「俺が……?」

「あんたは、うちに来たときからずっと働きたがっていた。それこそ、使命のある犬みたいに……だから、USBメモリのことに気づいたとき、岐ノ瀬にそれを渡したら、きっと喜ぶと思ったんだ。ジェシカが酷い目にあわないためには、俺が先にパスワードを探らないとと思って……」

浅はかなことを口走る津堂の瞳は焦りに揺れていた。けれども黒く真っ直ぐな瞳は、いつも岐ノ瀬を見つめてくれていたあの瞳だ。

何度、その純粋な瞳に心を撫でられ、ときめいたか。

けれども今だけは、岐ノ瀬はその無邪気さが怖かった。田上を許したり、岩村の暴言を許したり、そんな甘い事態ではなかったことを、どうすればわかってくれるのだろう。どうすれば、もっと自分のことを大事にしてくれるのだろう。

「なあ岐ノ瀬、どうしてそんなに怒ってるんだ。内緒にしてたのは悪かった。それに、犯人をうちにあげてしまったのも。でも、俺のとってきたUSB役に立つんだろう?」

「どうしてわからないんだ。なんでお前はそうなんだ、お前……お前は俺とモモたちと、どっちが大事なんだ!」

怒鳴りつけた言葉に、津堂が絶句した。

しかし、岐ノ瀬自身も、自分の言葉に驚いていた。

こんなこと、言うつもりではなかったのに。いつか津堂を困らせるようなことを言ってしまうかも。そんな風に恐れていたことが現実になってしまったが、岐ノ瀬は自分を止めることができない。

「どうなんだよ。どっちが大事なんだ！　俺が喜ぶのと、モモやジェシカが無事でいられるのと、どっちが大事なんだ！」

「……」

「動物ほったらかして俺を喜ばせようだなんて、全然お前に似合ってねえよ。布団買ってくれたのも、弁当作ってくれたのも、俺は嬉しかった、それで十分だったんだ！　なんでこんな危険なことまでするんだ。津堂に何かあったら、お前のとこにいる動物たちだってただじゃすまないんだぞ？」

はっとして、岐ノ瀬は唇を閉ざした。

いったい自分は何を言おうとしているのか。胸元まで、言う勇気のなかった言葉がせりあがってきている。ひどく甘くて、そして報われそうにないあの慕情が。

視線を泳がせると、なおも駐車場の片隅でじっと主《あるじ》を待っているモモと目があった。

懐かしい声が耳に蘇る。

――なんなの？　好きなの？　好きっていってくれたら、俺もう怒ってないかなって、わかるんだけど。

本当に単純な言葉。けれどもきっと、はっきりと口にしなければわかってもらえない。

「津堂、俺はお前のことが好きなんだ」

津堂の表情が固まった。何を言われたのか、まだわかっていないようなそんな顔。

けれども、胸の奥に溜めこんでいた本音を吐き出すと、岐ノ瀬はもう止められなかった。

「動物バカだしマイペースすぎるし、モモとは話が嚙みあってないけど、そんなお前が好きなんだ。動物のこと、最優先で考えてるところも全部好き。だから俺のことで危ない目に合う姿なんて見たくない」

「岐ノ瀬……」

「っていうか……お前に、そんな危ない目にあって欲しくない。津堂のことが好きだから、もっと、他の動物にそうするみたいに、自分のことだって大事にして欲しいだけなんだよ、なんでわかってくれないんだ……」

心音が早い。せっかくの好きという言葉は、怒りとともに吐き出される。

そして、銅像のように動かない津堂に想いのたけをぶちまけると、岐ノ瀬は踵《きびす》を返した。

「犯人も捕まったし丁度いい。退去させてもらう。飯、ちゃんと食えよ。岩村とかいう看護師の誤解も、頑張って解け」

「出ていくのかっ？　な、なんでだ岐ノ瀬、俺が怒らせたから……」

「俺がいたら、俺を喜ばせるためとかいって、またお前危ないことするんだろ」

「それはっ……」

「捜査協力のお礼は、あらためて係のほうからさせてもらう。それからモモに……謝っとけよ。あいつ、お前のために本当に頑張ったんだから。それじゃあな」

津堂の態度に、まだ彼は何もわかってくれていないような、そんな絶望感が湧いて出た。これ以上、あの犬のように純粋なばかりで、大事なところは伝わらない瞳で見つめられると、困らせることばかり言ってしまいそうで、岐ノ瀬は逃げるように大股《おおまた》で歩き出した。津堂はもう追ってはこない。

離れていくばかりの二人の距離を、モモがじっと見つめていた。


美野が発見された。津堂動物病院の事件から、一週間後のことだった。

別の詐欺仲間の家に匿《かくま》われていたらしいが、津堂動物病院の事件を聞きつけ、ジェシカが心配になってのこのこ近隣まで顔を出したのが運のつきだった。

今朝から、観念したように取り調べを受ける美野の「ジェシカに会いたい。あの子に罵《ののし》られたい……」という泣き言を聞かされて辟易《へきえき》したものの、事件は一気に収束を迎えつつあり、岐ノ瀬の機嫌はいいほうだ。

胸の引っかかりを除いては。

「お前誤飲したんだって？　普段偉そうにしてるくせに口ほどにもないな」

「うるせえ」

「そんな怒んなよ。調子はどうだ？　気分悪かったら言えよ」

このないだ韮崎との喧嘩の理由にもなった犬が珍しく凹《へこ》んでいた。出動要請に応じて出てきているくらいだからもう元気なのだろうが、それでも、大丈夫かよ、などと言って構っていると、背後から声をかけられた。

「話が弾んでるなあ」

振り返ると、係長が立っていた。

「お疲れ様です。美野の身柄は？」

「大人しく留置場に引っこんでくれたよ。反省はしてなさそうだけどな」

軽く警察犬に手を振り、岐ノ瀬は係長と並んで署内に入る。終業時間は過ぎたが署は賑やかで、また新しい事件が湧いては、今回の事件の記憶を押し流していくだろう。

だが、さすがに音楽にあわせてパスワードを歌う九官鳥は忘れがたい。津堂の説明に応じてジェシカに歌わせようとしたものの、九官鳥は襲撃事件のせいで緊張しているのか、ハゲと鳴くことさえなくなってしまっていた。

それが、美野に会わせてやったとたん、流暢に歌うようになったのだから、飼い主の力は偉大である。

明日からは、取得できたパスワードとデータから、金の流れを摑む作業が待っている。しばらく署内に泊まり込みになるかもしれないが、岐ノ瀬にとっては都合がいい。待機寮の一人部屋。くたびれたせんべい布団での寝起きに慣れていたはずが、最近めっきり寂しくなった。思い切って布団を、津堂が買ってくれたものと同じものに買い替えてみたが、寂寥《せきりょうかん》感は深まるばかり。

思い出すのは、津堂と動物たちと一緒の日々。彼は大丈夫だろうか、手厳しいことを言ってしまったが、落ち込んでやしないだろうか。モモが慰めてやってくれていればいいのだが……。

本当は、預かりっぱなしだった津堂動物病院の合鍵を返しにいかねばならないのだが、今はあの動物まみれの場所に行く気に、どうしてもなれないでいた。

少し、仕事で根をつめるくらいが、現実から目をそらせて丁度いい。

「ところで、今署長室に津堂議員がいらしてるんだ」

「……暇なんですか、あの議員」

今は、津堂、という名前さえ鋭く胸に刺さるのだが、素知らぬ顔で岐ノ瀬は嫌味を吐く。

「なんかお前に会いたがってたぞ、津堂議員」

「はい？」

「岐ノ瀬巡査部長は今朝から腹痛が止まらずトイレで悲鳴あげてるので無理だと言っておいた」

「……」

ありがたいがありがたくない。さしもの岐ノ瀬も、上司を殴るわけにもいかず拳《こぶし》を震えさせていると、係長がタバコを取り出した。中身全部抜いてやる。そんな仕返しが胸に湧いたところで、懐かしいことを言われた。

「なんか、例の件はどうなったかとか言ってたな。孫津堂が、結婚式行くか行かないかとか」

はっとなって、岐ノ瀬は足を止めた。

そういえば、事件のごたごたですっかり忘れていたが、津堂の弟の結婚式の件で疑念があったのだ。本当に津堂は招待されていないのかどうか。

そのとき、ふいに岐ノ瀬の脳裏にさっき別れたばかりの警察犬の姿が浮かんだ。らしくもない誤飲。よく躾《しつ》けられた彼らでさえ、正体不明のものをぱくりと食べてしまう。もっとひどい誤飲で入院している動物がいなかっただろうか。

「あの……紙切れ……」

「おい、岐ノ瀬？」

「すみません、ちょっと出てきます」

「おい、まだデータの調査が……」

「すぐ戻りますから！」

駆けだして、署の外ですぐにタクシーを拾う。

ワンメーターで辿《たど》りついた津堂動物病院は相変わらず休診中で、ガラス扉にはいつもの張り紙があった。出かけているようだ。

いつものくせで合鍵を取り出してから、はたと気づく。

もう自分は部外者だ。勝手に入るのははばかられる……と、そのときだった。目の前でカーテンが揺れたかと思うと、ガラス扉の下のほうから、のそのそと黒い頭があらわれた。

ぎょっとして見ると、懐かしい犬の顔が、鼻先を扉に押し付けながらこちらを見上げている。

「も、モモ、久しぶりだな……っていうか、お前散歩じゃなかったのか？」

「ドクターはお買いものです。今ちょうど、時計の針がチョウチョくらいになりました」

「そうか、さっぱりわかんねえな……」

扉越しのくぐもった声。モモが「入らないのですか」と言うので、岐ノ瀬は逡巡したのち、甘えることにした。

「入ってもいいか？」

「どうぞ。散らかってますけれど」

罪悪感をわずかに胸に抱いて、岐ノ瀬は合鍵を使った。津堂動物病院のロビーに足を踏み入れると、懐かしい思い出で心が浮き立つ。しかし、確かにモモの言ったとおり散らかってはいた。

以前は弁当とやらの材料で散らかっていたが、今回は毛糸だ。

なぜか、そこら中にふわふわの毛糸がほどけてひっかかっている。

じっとモモを見下ろすと、モモは不本意そうに眉をしかめた。

「モモはお手伝いしかしてません。ドクターの毛糸です」

「お手伝いねえ……」

お前さんの耳にも毛糸ひっかかってるけど、さぞや楽しいお手伝いだったんでしょうねえ。

という指摘をなんとか飲み下し、岐ノ瀬は早速病院の奥に向かった。

いつの間にか犬舎の修理が終わっている。診察室よりも広い犬舎に移動したヤギのもとに向かうと、ヤギはいつもの調子でのんびり座っていた。

「おいお前、ちょっと邪魔するぞ」

一言断ってケージに入るが、まったく興味がなさそうにヤギは微動だにしない。その足元を探っていると、敷き藁の下に何枚も敷かれた新聞紙が現れた。その隙間に、見覚えのある煌《きら》めきが一つ。

そっと引っ張ると、こないだ見たものより大きな紙片で、金色の模様と一緒にわずかに墨文字が見えた。

「あった……！」

「ありましたか？　なにがありましたか？」

「招待状だよ、招待状！　モモ、ちょっとこれ持っててくれ」

背後に腕を回し紙切れを預けると、岐ノ瀬はそのまま藁をかきまわした。出てくる。すでにヤギにこなごなに噛みつぶされたとおぼしき、質のよい紙屑《かみくず》やら何やらと。くしゃくしゃに折れて踏まれた紙を広げると、エンボス加工の封筒の一部だ。

「おいモモ、こういう入院部屋に、手紙とかそういうもんが紛れ込むことってよくあるのか？」

「ありませんよ。だからこないだはとっても大変でした」

「こないだ？」

「悪い奴が来たときです。すごく前です。岐ノ瀬がうちにくるよりも前の話です」

「ああ、最初の事件か」

「あの悪くて臭い奴は、いっぱい散らかしていきましたから。モモもいっぱいトイレットペーパー転がっていたので、拾うお手伝いしました」

「……」

「本当ですよ。踏んだり転がしたりしてません。とにかく、そんなに散らかってた上に、犬舎を移動させたので、あれがないこれがないって、みんな大騒ぎでした」

聞けば、犬舎の異動にはさすがにお休み中の看護師らも総出で手伝ってくれたらしい。掃除から整理整頓までやるはめになっててんやわんやだったという。もしかしたらそのときに、郵便物がここに紛れ込んで、ヤギが咥《くわ》えてしまったのかもしれない。

発掘に夢中な岐ノ瀬の背中に、暇なのかモモが話しかけてくる。

「岐ノ瀬、もうドクター嫌いになりましたか？」

「なんでだよ」

「だって会いにこないです。ドクター寂しいです」

「嫌いじゃねえよ。むしろ好きだから会いにこねえんだよ」

言ってから、岐ノ瀬はついに見つけた紙屑を、そっと指でひろげた。

ご出席。その文字が欠けてはいるが見え隠れする紙片と、津堂宏典《ひろのり》という見知らぬ名前。

ぼんやりとその紙をなぞりながら、岐ノ瀬はぽつりと零《こぼ》した。

「だってほら、俺言っちまったもんな、俺と動物と、どっちが大事なんだって」

津堂に自分を大事にしてほしくて、あのときはついムキになってしまったが、彼に動物バカな真摯で頼もしい獣医でいてほしいのは本心だ。

けれども、と岐ノ瀬は自嘲する。

「でもほら、人間ってやつはわがままなもんで、そのままのあいつでいてほしいと思ってるくせに、俺のことだけ見て欲しいだなんて気持ちもどっかにあるんだよ。お前たち犬猫よりさ、めいっぱい津堂に特別扱いしてもらいたがってる俺がいるわけ」

「特別扱いですか」

「モモだけいっぱい撫でてくれたり、モモだけ受付で寝るのを許してくれたり、モモと一緒にお気に入りの木の下で一緒にのんびりしてくれる、ああいうやつですか?」
「おー、なんか物足りないけど、まあそういうやつだ」
「岐ノ瀬も、ドクターの特別になりたいのですね」
「……」

稲藁の隙間から、ぐしゃぐしゃになった紙がまた現れた。そっと広げると、これから二人で一緒に……と書かれてある。挨拶文《あいさつぶん》の一部だろうか。

じんわりと「ドクターの特別」という言葉が岐ノ瀬の中に沁《し》み込んでくる。

津堂が、動物たちを最優先にするあの姿が凛々しくて好きだった。そんな男が、自分のことには疎い姿も、人から誤解されては寂しがる姿も。何もかも。

ただ好きなだけでいられたら楽なのに、特別になりたいと思ったら最後、やはり自分の想いは津堂を困らせるだけのような気がしてならない。

「あいつの一番好きな相手が、俺になったらいいのになあ。お前らとかさ、他の動物よりも、俺のことが特別に大事な相手に。でも、そんなことありえないだろうし……。だから逃げてんの」
「逃げてるんですか」

「そ。逃げて……」

招待状の復元は不可能だが、ある程度集まった。これを津堂に渡すか、はたまたその祖父のほうに渡して事情を説明するか。今の自分には、どんなとっつきにくいお偉いさんだろうと、後者のほうが気は楽なのだが。

しかし、モモにあずけた分も返してもらおうと思い振り返った矢先、岐ノ瀬の視界に飛び込んできたのは、モモの姿ではなかった。

買い物袋片手に、紙切れを持って呆然《ぼうぜん》としている津堂が、そこにいるではないか。

「つ、津堂っ！　なんでお前が、いや……いつの間に帰って……」

「鍵が開いてたから……びっくりしてそっと来たんだ。まさか岐ノ瀬だとは、思わなかったが……」

背後にいるとばかり思っていたモモはケージの外にいて、その隙間に鼻先をつっこんでこちらを見つめていた。

悪気はないのだろう、うろたえる岐ノ瀬を見て、不思議そうにしている。

「い、いつからいたんだ津堂」

「……不思議だったんだ。他の人みたいに、岐ノ瀬も俺から離れていったのに、でも好きだなんていうから、どうしてなんだろうとずっと思ってた。でも岐ノ瀬は俺の答えが怖くて、逃げてただけだったのか」

「け、けっこう最初からいたんだな……」

津堂は、素直にうなずくと岐ノ瀬に視線をあわせるようにしてその場に座り込んだ。

地面に置いた袋の中から、毛糸玉が転がりだす。また毛糸か、と思う間もなく、モモがそちらに気をとられて構いだした。

何それ、こっちにもちょうだいよ。という声が他のケージから聞こえてきて、岐ノ瀬はギャラリーの多さにだんだん津堂と向き合っているのが恥ずかしくなってきた。

「か、勝手に入って悪かった。すぐに合鍵返して、帰るから……」

「岐ノ瀬、俺はお前に帰ってほしくなかったんだ」

「へ？」

どうしたんだ急に、とばかりに顔をあげると、津堂の真剣な瞳と視線がはちあった。

その瞳の強さに、岐ノ瀬は思わず居ずまいを正す。ヤギの敷き藁の上で正座するのはみょうな気分だ。

「岐ノ瀬と過ごしていて俺は楽しかった。毎日、だんだん気持ちがふわふわしてきて、触れるとやたら興奮する」

「そ、そういう話は置いておかないか……」

「俺はいつも人に誤解されたり、期待と違うと言われて離れていかれた。動物はこうしろああしろとか言わないし、その行動に裏もない。だから俺は、わかりやすい動物たちの世界に逃げて閉じこもっていただけなんだ。でも岐ノ瀬には離れていってほしくなくて、どうやったら俺の気持ちが伝わるんだろうかと思ったんだ」

そうしたら、いい参考資料が目の前にあることに気づいた。と津堂は言った。

「あんたのくれたCDだ。愛の歌なんだろ。みんなは、ああいう歌詞みたいな恋をして、気持ちを伝えあってるんだろうと思って、頑張って勉強したんだ」

「勉強？」

「弁当作ってみたり、今は……マフラー編んでるんだが、人間できることとできないことがあるな」

そういって、津堂は気まずそうに頭をかいた。

あなたが好きだから何かしてあげたい。あなたのことを考えてマフラーを編んだの、お弁当を作ったの、あなたの好きな歌も練習したから、今度カラオケに連れていってよ。あなたに会えると一日幸せ。笑ってくれると十日は幸せ……。

あの古いラブレターみたいな歌詞を思いだし、岐ノ瀬は呆気《あっけ》にとられる。

「津堂、お前あの弁当ってつまり……」

「岐ノ瀬に好きだと伝える方法がわからなかったんだ。マフラー、もうすぐ完成するんだぞ。それ、持っていったら今度こそわかってもらえるかと思ったんだが」

それより先に、岐ノ瀬がここにやってきたということだろう。

好きだと伝える方法もなにも、その言葉がすべてじゃないか。

そう思ったとたん、じわりじわりと岐ノ瀬の中で、津堂の言葉の意味が輪郭を帯びていく。

「でも、今のお前の独り言聞いて、ようやく俺がやらなきゃいけないことがわかったよ」

津堂が、何か続けようとして、唇を震わせた。

彼らしくない戸惑いが口元に生まれ、頬が少し赤く染まっている。彼のこぼす言葉が待ち遠しくて、岐ノ瀬は津堂ににじり寄った。

「好きだ岐ノ瀬。お前の言うとおり、危ない真似《まね》はもうしない。でもそれでも……何かあったら岐ノ瀬のためなら真っ先に駆けつけてしまうと思う。俺はそのくらい、岐ノ瀬が特別な人なんだ」

「……」

「俺は、動物とお前となら、どっちも同じくらい大事だよ。でも、どっちを愛してるんだと言われたら、岐ノ瀬を愛してるんだ」

信じられない思いで、岐ノ瀬は津堂を見つめていた。

津堂の想いが明瞭《めいりょう》な言葉となって自分の中を満たしていく。岐ノ瀬を好きだと、愛していると、そして特別な人だと言ってくれる。

まるで夢のようで、ただ唇を震わせるばかりの岐ノ瀬に、津堂は不安げに眉をひそめた。

「……だ、ダメか？　まだ足りないか？　まだ怒ってるのか？　あとはなんだろう。岐ノ瀬、とにかく俺はお前が好きなんだ。会えたら一日中幸せだし、お前が笑ってくれるとたぶん十日くらい幸せになれる。それから……」

好き。というたった二文字を津堂がささやくたびに、岐ノ瀬はもっと同じ言葉を聞きたくなって、もはや返事も忘れて愛する男ににじり寄っていた。返事どころか、息さえも忘れてしまいそうなほど、気持ちが昂《たかぶ》っている。そんな二人の空気を、ふいに「ワン！」という声が打ち破った。

驚いて、二人で声の主を見ると、モモがケージと毛糸を絡ませ、その隙間に引っかかっている。

「な、何やってんだモモ……」

呆れて津堂がつぶやくと、モモがまた不満げに「ワンッ」と鳴く。その音に、岐ノ瀬は驚いて目を瞬かせた。

「あれ？　ワンって鳴いてる……」

「そりゃあ、犬だからな……」

不思議そうに、津堂がまた岐ノ瀬を見つめた。黒い瞳には疑問符が浮かんでいるが、岐ノ瀬だってわけがわからない。

あたりを見回すと、こちらを見る犬、見ない犬、それぞれが何を呟くでもなく、犬らしい音を立てていた。

カシスの言葉を受け止められずにいた頃から何年経ったか。

今ようやく、大切な人の言葉を受け入れた岐ノ瀬の中から、あの日盗んだカシスの餌の残滓があふれ出ていってしまったのかもしれない。

「津堂、もっかい好きって言ってくれ」

「……岐ノ瀬、好きだぞ。大好きだ」

「もっかい」

「好き……なんだかフェアじゃないな。岐ノ瀬も言ってくれないか？」

「好きだ。愛してる。弁当もマフラーもいらない。ただお前がいつもみたいに、動物バカで優しくて正直でいてくれたら、他はなんにもいらないぞ」

好きと聞くたび、そして口にするたび、胸の中は温かくなっていった。その熱に背中を押されるようにして岐ノ瀬は津堂の胸に抱きついた。

その体を優しく抱き留めた津堂が、ほっと安堵のため息をついたのが耳に触れる。

「よかった。弁当もマフラーも、やばい出来だからどうしたもんかと思ってたんだ。カラオケも下手だしな……」

情けないことを言ってから、津堂はそっと紙片を握りしめた岐ノ瀬の手に触れた。

「ところで、メェのケージで何をしてたんだ？」

「ああ、そうだ。話せば長くなるんだが、お前がいかに愛されてるか、俺が教えてやろうと思ってな」

ぱっと顔をあげ、満面の笑みを浮かべると、岐ノ瀬は津堂の不器用さの片鱗《へんりん》のような紙屑を二人の間にかかげて見せたのだった。


「本当にラブホ、初めてなのか」

「ああ。大学から一人暮らしだったからな。これ幸いとすぐ犬を飼いはじめたんだ。だから外泊する気がまったく起こらなくてな」

それとなく、良い雰囲気になった子に誘われても、帰りが遅くなるなと思えば断っていたという津堂は、この日いつもの白衣を脱ぎ捨て、ワイシャツにジーパンというラフな格好で繁華街に来ていた。いつも病院の中でばかり一緒に過ごしていた二人の、いわゆる初デートである。

それがなぜ、まだ昼食もとっていないのに早速チープな内装のホテルの部屋に引きこもっているのか。

岐ノ瀬は我ながら欲深い自分に呆れながら、興味深そうにホテルの内装を見回す津堂に近づき、ワイシャツのボタンをはずしはじめた。

「積極的だな」

感心したように答える津堂は、されるがままだ。

デートしよう。といって出かけたのではなく、二人の目的は津堂のスーツの新調だった。

弟の結婚式への招待について、無事誤解のとけた津堂は喜んで参加することになったのだが、あのごった返した部屋の中に放置してあった古いスーツは虫食いにやられてしまっていた。

この手のことは苦手だとぼやくものだから、岐ノ瀬が街まで連れ出してやったのだ。

留守番を岩村看護師が快諾してくれたといって喜ぶ津堂は無邪気なものだったが、その後また看護師に怒られていたところを見るに、彼女にはまだ津堂の態度はどこかもったいぶって見えるらしい。

そんな事情で出かけた先は紳士服屋。さすが医者一族というだけあって、つるしのスーツというわけにもいかないのか、パターンオーダーとはいえなかなかのお値段のものに目星をつけて、採寸。

そのさなか、べたべたとプロの手が触れる津堂の体に、なんとなく岐ノ瀬はもやもやしたのだ。

我ながら単純だが、一度火がついてしまうと止まらない。

次の来店予定を決めると、すぐに岐ノ瀬は津堂の手を引いていかがわしい看板を探したのだった。

「俺は犬扱いは嫌いだが、犬の気持ちはわからないでもない。大事な人が知らないやつの匂いをつけてくると嫌なもんだ」

「岐ノ瀬は嫉妬深い男だな」

「嫉妬深い男は嫌いか？」

「さあ。だが岐ノ瀬のことは好きだ」

にやりと笑い、津堂は岐ノ瀬にキスをしかけてきた。最後の一つのボタンをはずそうとしていた岐ノ瀬の指先がつい震えてしまう。

ついばむようなキスは唇に、そして鼻先にも落ちてきて、頬にも触れた。

だが、次にそれが唇に戻ってきたとたん、岐ノ瀬の体は抱きしめられてしまう。

驚く暇もなく、その格好のままベッドになだれ込まれ、すぐに津堂の舌が岐ノ瀬の口腔にもぐりこんできた。

自分のほうが飢えて誘ったつもりなのに、まるで津堂もずっと欲しがっていたかのような荒々しさだ。

自分を好きだと言ってくれた男の欲望を受け止めるのは、驚くほど心地いい。

少し驚いたのも束の間、岐ノ瀬もすぐに津堂の舌をすすり、キスを深めていった。

ボタンのはずれたワイシャツをひっぱると、わずらわしげに津堂が腕をあげて脱ぎ捨てた。

そしてその手が、岐ノ瀬のベルトにかかる。

どさりと、津堂の重たいジーンズが床に落ちる音が聞こえた。

春物のニットセーターはたくしあげられ、首のあたりでもごもごと生地がからまる。ベルトのはずれたパンツがずりさげられ、太ももに津堂の手が触れると、それだけで岐ノ瀬の肌はざわついた。

器用に足先でパンツをずらして脱ぎ捨てる間も、何度も嚙みつくようなキスをして、どちらの舌が自分のものなのかわからなくなるほどだった。

背中に手を回すと、津堂の肌が熱い。

きっと自分も同じくらい熱いのだろう。

すぐに肌は汗ばみはじめ、津堂はこすれあう肌にもう我慢ができなくなったように身を起こすと、岐ノ瀬の肌を鎖骨からへそへと辿りながら唇で撫でおろしていった。

ぞわぞわと快感が体中をかけめぐり、岐ノ瀬は背中をそらす。

津堂のしたいようにさせていると、彼の唇がある一点でようやく止まった。

見ると、津堂の唇が、今度は岐ノ瀬の足の付け根に触れようとしている。

「あっ……」

本当に、ただ太ももの根を吸われただけなのに、そこも性器の一部であるかのように岐ノ瀬は感じた。

白い肌がしっとりと濡れ、興奮に息があがる。

まだそれほど力を帯びていない岐ノ瀬の肉茎をまじまじと見つめた津堂は、ゆるゆるとそこに手を這わせてきた。

大きな手が、からみつくようにして岐ノ瀬のものを包み込んでくる。

とたんに、津堂の手の中で自分のものが興奮に脈打ったのを自覚した。

当たり前のことなのに、こんなにじっと見つめられると恥ずかしい。

「こないだのお礼だ、岐ノ瀬」

「お礼？　何がだよ……ぁっ」

枕の上で首をかしげさせると、津堂はにやりと笑って岐ノ瀬の股間に唇を落とした。そしてそっと、陰茎の先端をついばまれる。

ベッドの上で、岐ノ瀬のかかとが跳ねた。

甘い痺れが体の中を走り、それがおさまらぬうちに、また性器のいろんな場所を甘く口づけられる。

その感触もさることながら、これからもっと、たくさんそこを津堂の口で嬲られるのだという予感が、岐ノ瀬をひどく敏感にしていた。

そして、簡単に硬度を増していく。

「すごいな岐ノ瀬、どんどん膨らんでくる」

「せ、説明するな……」

「不思議なもんだ。他の動物のペニスは嫌ってくらい見てるのに、同じ人間の他人のペニスはなかなか見る機会がない」

「う、うるさいぞ津堂。それが、人の股間で言うことか」

「感動してるんじゃないか。俺を相手に、お前が発情してくれてる。そう思うとたまらなく幸せだ」

　発情。

　という言葉があまりにも今の自分にぴったりで、岐ノ瀬は真っ赤になって津堂を見つめた。

　だが、その視線に頓着せずに、津堂はうっとりとした様子で岐ノ瀬のものに舌を伸ばしてきた。大きくて、分厚い舌。ぬるぬるとした唾液とともに岐ノ瀬のものにからみついたそれは、深い愉悦の波を呼んだ。

「ん、ぅっ……」

　舌が根本から先端を、先端から根本を丹念になぞり、形を確かめるようにときおり凹凸をくじられる。

　弾力のある肉と、独特の粘膜が、岐ノ瀬の興奮を味わいつくすようだ。

　先走りの透明の粒が先端にあらわれたかと思うと、すぐにとめどなく流れはじめ、快感に震える岐ノ瀬の肉棒に線を作る。

　そのくすぐったい場所を、すぐに津堂の熱い舌に舐めとられると、たまらず腰が揺れる。

「あ、くそっ……」

「岐ノ瀬？」

「なんでも、ない……っ」

思わず声をあげたのは他でもない、震える腰の奥深くで、自分の後孔が刺激をもとめてわなないたからだ。

前をしゃぶられて、後ろを震えさせている。

その事実が妙に気恥ずかしい。

そして、すぐにバレてしまうだろうことも恥ずかしかった。

「あ、ぁっ、おい……」

「可愛いな、こんなところまでひくつかせて」

「あっ」

意識しすぎたせいか、岐ノ瀬のそこはすぐに津堂に暴かれた。

太ももを割り開いて、尻の窄《すぼ》まりをさらけ出される。ひくつくそこは、津堂に見られていると思うだけで中まで震えた。

その震えを宥めるように、津堂の舌がねっとりと這う。

会陰部も、それに陰嚢も、どこもかしこも唇と舌でつつかれ嬲られ、岐ノ瀬は無意識に腰を揺すっていた。

もっと、決定的な刺激が欲しくてたまらない。

ベッドのサイドボードに手を伸ばすと、すぐにくぼんだ場所が見つかり、適当に入っていたビニールパッケージを取り出すと、目当てのローションだった。その封を自らあけ、岐ノ瀬は自分の股間にかかげてみせる。

津堂が顔をあげたタイミングで袋を絞ると、とろとろと岐ノ瀬の股間にはなめらかな液体がこぼれ落ちた。

津堂の鼻先をときおりかすめながら。

熱いものにねぶられつづけていた肌に、糸をひくローションの冷たさが刺激になって心地よい。

流れるローションに、津堂が手を伸ばした。

指先に透明のそれをまぶすと、今度は舌ではなく、手で、岐ノ瀬の臀部に触れてくる。

筋肉質な尻肉を押し広げるようにして両手で押さえた津堂の手が、岐ノ瀬の後孔に触れた。

そして、緊張した入り口をやわやわと撫でられる。

もみほぐすような指使いに、岐ノ瀬は今にも「早く入れて」と言い出しそうな自分が怖いくらいだった。

こんなに誰かの欲望が欲しいことがあるなんて。

しばらく岐ノ瀬のそこを撫でまわしていた津堂は、もう片方の手でゆっくりと白い尻を揉みながら、指を一本、侵入させてきた。

違和感に、体からすぐに熱が逃げようとする。

しかし、心と、淫猥な体の奥深くは、津堂を受け入れる悦《よろこ》びを覚えていたらしい。

ぬるぬると指が侵入してくると、粘膜が蠕動してその関節や肌にへばりついた。

「柔らかいな、岐ノ瀬のここは」

「だから、説明すんなって……」

小刻みに動かしながら、津堂の指先が根本まで入った。ごつごつとした拳の根本の関節が、柔らかな後孔に押し付けられることにさえ快感を覚え、岐ノ瀬はゆっくりと息を吐く。

ゆっくりと、津堂の指先が奥深くで円を描いた。

押し広げられる感触に、鳥肌が立つ。そのくせ、冷えた肌は再び熱を帯びはじめる。

ぐっと、岐ノ瀬の中で粘膜を押し広げていた指先が二本に増えると、ますます違和感は高まった。そのくせ、増えたばかりの指先が軽く折り曲げられたその瞬間、勝手に体がのたうつような刺激に岐ノ瀬は息を飲んだ。

「ん、ぅっ」

「大丈夫だ。初めてした日も気持ちよさそうだった。今日は、もっと気持ちよくしてやる。バカみたいに気持ちよさを追求するのは、人間のいい進化だろ？」

「っ、し、進化ってお前……こんなときまで……」

「痛いか？」

「あっ」

確かめるように、しこりのあるあたりをこねまわされ、岐ノ瀬はベッドに体を押し付けて快感を耐《こら》えた。

気づけば、岐ノ瀬の陰茎はそそり立ち、腹の上で揺れてたらたらと汁を零している。前立腺のある場所を刺激されればされるほど、快感の証明であるかのように、岐ノ瀬のものは揺らめいた。

「う、ぁっ……つ、どう、前も……触ってくれ」

耐えきれず懇願すると、津堂は真面目な顔をしてうなずいた。

その表情がなんだかおかしくて笑いそうになったのも束の間、津堂が頭を股間に降ろしてきたのを見て岐ノ瀬は驚いた。

指が二本、自分の中に埋め込まれたまま、陰茎のほうは津堂の口にぱくりと咥えられてしまう。

そして、窄められた唇の中で、岐ノ瀬のものは柔らかくすすられる。

「ふぁ、あっ」

下肢から、卑猥な音が立った。

ローションでたっぷり濡れた後孔で、津堂の指の動きが速さを増したのだ。ぐちゃぐちゃと音を立てる腹の中で、快感がいくつも湧いて、爆《は》ぜるように岐ノ瀬を翻弄する。その上、性器を直接しゃぶられ、舌でころがされ、すすられ、イクなというほうが無理な話だ。

「あ、ふ、ぁっ……津堂、待て、もう出っ……んぁっ」

つま先が布団の上で跳ね、岐ノ瀬は津堂の頭を摑みながら腰を震わせた。

断続的に襲ってくる射精感に抗《あらが》えず、岐ノ瀬は二度、三度と欲液を吐き出す。それなのに、まだ津堂の口は自分のものから離れない。

脈動する陰茎を、精液と一緒にしゃぶられながら、岐ノ瀬の腹の中は津堂の指先をめいっぱい締め上げていた。

「あぅ、っ……」

出しきって、ようやくぐったりとベッドに身を預けると、津堂も離れてくれる。

指を引き抜かれる瞬間、抜かないでと言いたげに岐ノ瀬の中は震え、その感触にまたわずかに陰茎が跳ねた。

肩で息をしながら、岐ノ瀬はゆっくりと目を瞬かせた。

そして、津堂と目が合う。

しばらく口を閉ざしていた津堂の喉仏が、ふいに上下に動いた。

「っ？　お、おい津堂、お前今飲んだのか、のん……っ」

思わず上半身を起こすと、津堂はあどけないほど素直な様子でうなずいて、ぺろりと唇を舐めた。

「意外と飲めるもんだな」

「バカ！」

たまらず怒鳴ると岐ノ瀬は津堂の胸を手でついた。

そしてベッドに沈み込んだ彼の体に乗り上げる。

きょとんとした瞳に見上げられながら、岐ノ瀬は津堂の腹をまたいで彼を見下ろした。

逞《たくま》しい体だ。採寸をとってもらっているときから、引き締まった腹から、胸筋に膨らんだ胸囲のなだらかなラインを見つめていた。

そして視線をさらに下げていくと、すでに濡れはじめた津堂の陰茎があった。

岐ノ瀬のものをしゃぶり、岐ノ瀬の後孔を嬲る。それだけしかしていないはずの津堂のものは、ほとんど触っていないだろうに、もうガチガチに張り詰めている。

先端の小さな穴からは先走りの体液がこぼれだし、くさむらまで濡れていた。

その性器に手を伸ばし、岐ノ瀬は手の平で津堂のものの感触を味わった。

湯気でも出るんじゃないか。そんなことを考えてしまうほどの熱が岐ノ瀬の手に触れ、脈動が指先から伝わるだけで、岐ノ瀬の後孔がひくつく。

たっぷりとならされた自身の窄まりに、腰を落としながら岐ノ瀬は津堂のものを押し当てた。

「なんだか、すごい光景だな」

そう言った津堂の声は、興奮に掠《かす》れていた。

それが嬉しくて、岐ノ瀬は津堂の視線を意識しながら、ゆっくりと自ら男の陰茎を飲みこんでいった。

「ぁ、ぁっ!」

まだ引きつる。粘膜が引き伸ばされていき、入り口が限界まで広がった。

それでも、時間をかけて飲みこんでいくと、奥深い場所が、期待にうねる。

そこまで行けずに、中途半端な体勢で少し留まると、気遣わしげに津堂が手を伸ばしてきた。大きな手が尻のあたりを支えてくれるが、その温もりが、鈍感な肉をとろかしてしまいそうで、いっそう岐ノ瀬の中がうずく。

と、そのうずきに腰が揺れたとき、ふいにベッドのスプリングが音を立てた。

そして津堂の腰が下から上へと打ち付けられる。

「ああっ!」

声が出た。

痛みや苦痛よりも、甘さの目立つ、ひどく淫らな声だった。

部屋には、岐ノ瀬の尻と津堂の腹が叩きあわせられた皮膚の音が響き、そして再びベッドのスプリングが音を立てる。

「う、ぁ、あっ」

下から、反動を利用して何度も何度も欲望を打ち付けられる。

なまじ体重をあずけているだけに、深い場所まで繋がって、その上うまくみじろぐこともできずに、岐ノ瀬の淫道はかんたんにもみくちゃにされていった。

震える粘膜が、津堂の大きさにあっという間にならされていく。

そして、えぐられるたびにうねってはからみついた。

我慢できずに、津堂の腹の上に手をついてしまうが、津堂はかすかに笑っただけだった。

「ぁうん、っ、ぁ、ぁっ、津堂、待っ……」

「悪い、岐ノ瀬。俺も、どうやって止めたらいいんだか……」

甘い吐息とともにそう言われ、岐ノ瀬の背筋をぞくぞくとしたものが這っていった。

今、自分は津堂の欲望に包まれている。

この激しさが津堂の自分に対する発情の温度かと思うと、たまらなく愛しくなってきた。

翻弄されるばかりなのが勿体《もったい》ない気がして、必死で腹に力を込める。

奥のほうで抽挿《ぬきさし》を続ける亀頭を、震える粘膜で包み込む。

津堂のためなら、いくらでも淫らになれる気がした。

「ぁ、ぁっ」

汗が肌をつたうことにさえ感じてしまう。

津堂の視線が、自分のあらゆる場所を見つめている。その視線にさえ、また感じた。

あっという間に再び屹立した自分のものが津堂の腹にときおりぶつかる。それを撫でさす

りながら、岐ノ瀬は思い切り津堂の腰に尻を押し付けると、腰をゆすってみせた。

とたんに、津堂が甘い息でうめく。

「ふ、ぁっ……」

「んっ、ぅ。津堂、お前の……ほんとに熱い……っ」

甘くささやくと、津堂が動きをとめた。

ぐっと腰を摑まれるのと、岐ノ瀬のものが二度目の限界を迎えるのはほとんど同じだった。

「ぁっ」

眼下で、津堂の腹が震えた。快感に眉をしかめ、吐息を吐いた津堂を見て、たまらず岐ノ瀬は達してしまった。それと同時に、岐ノ瀬の中でも、熱い迸りがあふれ出す。

「ふぁ、ぁあっ！」

震える内壁が津堂の欲液にまみれていく。

熱い刺激に煽られ、腰をわななかせると、岐ノ瀬はぱたりと津堂の胸に倒れこんだ。

体をかけぬける快感と倦怠感《けんたいかん》に耐えきれなかったのだ。

合わさるお互いの胸と胸の間で、激しい心音が響きあう。

ぜいぜいと、荒い呼気も混じり合い、津堂が重たげに腕を動かすと、岐ノ瀬の顎をとらえた。そして、二人でそっと静かなキスをする。

触れあうだけなのに唇からじんと愉悦の余韻がからまりあい、岐ノ瀬はたまらず笑ってしまった。

「津堂の発情期は激しいな」

「それは……光栄と言っとくべきなんだろうか」

困ったように笑った津堂の額に己の額をこすりつける。

その頭を津堂が撫でてくるが、もう嫌な気分はなくなっていた。

「モモの前では、俺の頭撫でるなよ」

「なんだ、犬嫌いの岐ノ瀬も、犬に優しくなったじゃないか。確かに、あいつはちょっとばかしお前には嫉妬深いからやめたほうがいいかもな」

苦笑が耳にかかり、岐ノ瀬は性懲りもなく肩を震わせると津堂を見つめた。

「なんだ、あいつが俺に嫉妬深いの、わかってたのか」

「そりゃあまあ。俺は動物の専門家だから」

「ふーん。じゃあ、モモの好物知ってるか？」

「バナナとミルクだ」

「残念。桃だ」

津堂が、目を瞬いた。そして、そんなはずはないと言いたげに眉をしかめる。

その眉間の皺をつついてやりながら、岐ノ瀬は笑う。

「本人からの情報だ間違いない。暖かくなってきたから、どこかに売ってるかもな。土産に

「買って帰ってやろうか」

「おい待て、そんなはずがないぞ。だったら桃とバナナ、両方持って帰ってどっちを喜ぶか確かめてみようじゃないか」

「やめてやれよ。あいつお前に気をつかう奴なんだから」

「前から思ってたんだが、俺よりお前のほうがモモと仲良くないか？　ずるいぞ……」

子供のような言い合いが、再び甘い睦言《むつごと》になるのはほんの数分後の話。

好きだと素直に伝え合った二人の時間は、どこまでも穏やかで優しいものだった。

あとがき

はじめまして、黒枝りぃです。

このたびは『不機嫌わんこと溺愛ドクター』をお手にとっていただきありがとうございました。

表紙に可愛い柴犬。タイトルにも「わんこ」とあるのに「わんわん」という鳴き声があまりないお話となりました。


私自身はペットを飼うことはできないのですが、動物を見ているのはとても好きで、マンションで出会う余所様のお宅の犬に癒されたりしています。

ふと、今回の話を書くにあたり、最近犬の鳴き声をそれほど聞かないな、と子供時代と比べて思いました。ペットのしつけ関係の本などもたくさんありますし、昔に比べて誰もが無理なくペットのしつけができている時代になったのでしょうか。

あるマンションでは、ペット歓迎入居の変わりに、エレベーターにペットボタンがついています。そのボタンが点灯している間は、動物が苦手な方は一度エレベーターを見送ることができる、というシステムだそうで、ペットが大事な人も、動物が苦手な人も、こういうささやかなことで心配ごとが減って、面白いアイデアだなあと、小さな発見でした。

と、こんな感じで私はペット関係には疎かったので、ペットのいる友人から動物との生活について聞いたり、ペットの本を読んでみたりしていました。そんな中見つけてしまった「コング」とかいう犬用の玩具。天然ゴムでできた筒状の玩具の中に餌を塗り、犬はその筒で遊んだり噛んだりするというものだそうですが、それにかじりついている犬を見たとたん衝撃を受けたのです。

生まれ変わったら、犬になってコングにじゃれつきたい。

なぜか妙にそんな気分になってそわそわしたので、もし犬に生まれ変わることができたらコング買ってくれる飼い主さんがいいなあと思いました。

そんなこんなで、犬だとか、九官鳥だとか出てくるお話となりましたが、イラストの中井アオ先生には、本当にモモを可愛く描いていただきまして、ありがとうございました。あまりに可愛いモモのつぶらな瞳を見ていると、こんな可愛い子を相手にあんな悪態がつけるなんて、岐ノ瀬はなんて酷い男だ……と思ってしまうほどでしたが、その岐ノ瀬も、そして津堂も、大人の色気漂う格好いい姿に描いていただけて見とれてしまいました。

また、担当様には今回も大変お世話になりました。タイトルにもある「不機嫌わんこ」の不機嫌ぶりのせいで、いろいろとご迷惑をおかけいたしました。ご指導のおかげでついに、いつもよりほんの少しは男らしい（？）攻めを書けた気がするのですが、まだまだ精進したいと思います。


そして最後に、このお話をお手にとってくださった方へ。

少しでも楽しい時間を過ごしていただけることを願っています。

このお話が出る頃には新しい一年が始まっているかと思いますが、みなさんに今年も素敵な萌えとの出会いがたくさんありますように。

ありがとうございました。

✦初出　不機嫌わんこと溺愛ドクター……………書き下ろし

黒枝りぃ先生、中井アオ先生へのお便り、本作品に関するご意見、ご感想などは
〒151-0051 東京都渋谷区千駄ヶ谷 4-9-7
幻冬舎コミックス　ルチル文庫「不機嫌わんこと溺愛ドクター」係まで。

RB 幻冬舎ルチル文庫
不機嫌わんこと溺愛ドクター

2015年1月20日　　第1刷発行

✦著者	黒枝りぃ　くろえ りぃ
✦発行人	伊藤嘉彦
✦発行元	株式会社 幻冬舎コミックス 〒151-0051 東京都渋谷区千駄ヶ谷 4-9-7 電話 03(5411)6431［編集］
✦発売元	株式会社 幻冬舎 〒151-0051 東京都渋谷区千駄ヶ谷 4-9-7 電話 03(5411)6222［営業］ 振替 00120-8-767643
✦印刷・製本所	中央精版印刷株式会社

✦検印廃止

ISBN978-4-344-83344-9　C0193　Printed in Japan